mark

這個系列標記的是一些人、一些事件與活動。

Mark 120

綠島家書

沉埋二十年的楊逵心事

作者：楊逵
責任編輯：李濰美
封面設計：張士勇
文字校對：李昧、楊菁
法律顧問：全理法律事務所董安丹律師
出版者：大塊文化出版股份有限公司
台北市南京東路四段二十五號十一樓
www.locuspublishing.com
讀者服務專線：〇八〇〇—〇〇六六八九
電話：〇二—八七一二三八九八
傳真：〇二—八七一二三八九七
郵撥帳號：一八九五五六七五
戶名：大塊文化出版股份有限公司
總經銷：大和書報圖書股份有限公司
新北市新莊區五工五路二號
電話：〇二—八九九〇二五八八
傳真：〇二—二二九〇一六五八
初版一刷：二〇一六年九月
定價：新台幣三〇〇元
國際標準書號：978-986-213-732-1
Printed in Taiwan

綠島家書

沉埋二十年的楊逵心事

楊逵

目錄

一個支離破碎的家

楊 建

這真是一個令人驚喜的機緣，這批失落多年，連父親都已經遺忘而從未提起的綠島家書，能夠由仁人君子自動送回，並且在向陽先生的鼎力相助下，肯允於報端披露，向讀者揭示楊逵的另一面——最基本、最自然無偽的親情的眷注和關愛。

這批家書所涵括的時間斷限是從民國四十六年到四十九年，內容則是對留身在台灣本島、而處在窘困的生活環境中的家人予以勸慰和激勵。這些家書絕大部分未曾寄發，我乍一接到，當晚挑燈夜讀，前景舊事紛紛湧來，可以想見父親在當時嚴格的通信字數限制下，不能如願地將這些關愛寄達家人手中的悲憤之情，二來也可以知道，父親是想利用書信體的形式，來記下他飄離海外的所思所感……

陽光亮起的時候，我抱起教科書站在講台，面對著一群不知所以的學生，眨著酸澀的雙眼，腦中仍然盤桓著父親樸拙的字體，內中蘊藏著那股豐厚的愛和希望，縱使在最艱苦的環境中，他仍然天真，並且對生命充滿了熱情。

是的，如果讀者諸君瞭解了這些家書的時空背景，必然也會感動於父親的天真和熱情。

民國三十七年底，父親與當時台灣電力公司台中區營業管理處經理葉可根先生幾經交涉下，將這塊土地租來開墾為該公司的福利農場。三十八年四月六日，房子都還沒有蓋好，父親就因為起草〈和平宣言〉一文，呼籲各省籍同胞互信互愛而鋃鐺入獄，遠謫綠島，開始了他長達十二年的孤苦生涯。另一方面，家中因為父親的獲罪也陷入了困境，大姊、大哥和我都輟學在家，繼續父親未完成的墾植工作。因為一時沒有收穫，家中又無分文積蓄，所以只得自己做醬油、豆腐，沿街叫賣，打零工，甚至於上山盜取「國有官柴」回來賣錢，以維持生活。農園初期種些蔬菜和比較容易生長、容易換錢的草花類。媽媽最初向別的花園批發些花出去賣，自己的花園有了生產之後，也因為種類與數量都不多，不足以維生，一部分仍要向其他花園批發。

正當母子多人連餬口都成問題的時候，這塊位於台中市北區大同路三十五號，向電力公司租來的土地，因為電力公司要收回以增建員工宿舍，限我們在年底前搬出去，交還土地。這是民國四十六年中的事情，這件事對窮苦的我們而言，形同晴天霹靂，而父親在家書中所提及的諸事，也從這年開始。身陷囹圄的父親，對家庭的困境、家人的頹唐，用盡言語相勸相勵，期盼大家攜手扶持，共同走過這段悲慘歲月，等他返回台灣之後，新樂園便指日可望了。

楊逵向台電租用土地來經營農場（首陽農場），正積極規劃、用力實踐美麗願景時，卻在 1949 年 4 月 6 日被逮捕，葉陶帶著子女繼續種花營生。

然而自從交出電力公司這塊土地之後，家中情形並未改觀。大姊失去聯絡，不知落腳何方。媽主張在中部另尋一小塊農地，借貸購買，搭蓋一棟簡單房子，繼續經營花園，但是大哥因為窮怕了，不贊成貸款買土地，經常和媽鬧意見，最後隻身前往台北謀生。媽與小妹則在台中港路一段淡溝里淡溝巷由貸款新買了一塊土地，仍然經營花園，賣花為生。

四十七年一月底，父親曾一度被借提到台北。在新生北路一棟別墅裡，與一位長官和一位老士兵同住。據父親說，是當局認為他對日本熟悉，想派他到日本工作，但父親因為許多衝突而未曾應允，於五月初又回到綠島新生營，繼續執行未完的刑期。

除了這段小插曲之外，民國四十六年到四十九年間，家中情形一如往昔。人人都在窘困的環境中衝撞、掙扎，企圖走出一條路來。大姊有了音訊，人在花蓮車站當廚師，不久搬到台北；大哥則是台中、台北、高雄、羅東四處轉徙，當過園丁、做過木工；二妹從師專畢業，已分發任職；小妹考取家職，繼續求學；而我則從三餐不濟的大同工專生涯中脫身，入伍受訓，一度任職高雄兵工廠電機工程官，待遇不錯，暫時改善了家中困境，退伍後則在高雄大榮鐵工廠擔任電器修護工作。

但是這一連串的變動，只是家中每個分子各自投入生活，各自與環境搏鬥，容或稍有助於家庭，也是微不足道。媽媽仍然每日賣花餬口，債務和利

楊逵入獄十二年，家中各分子則繼續與命運搏鬥。此圖攝於民國 42 年，前左至右為楊碧、葉陶；後左至右為楊建、楊資崩、楊素絹。

息像滾雪球一樣，擔子愈來愈重。

家中恒是這般。而在綠島約父親在這期間也曾舊病復發，我們斷斷續續地寄去一些藥，這便是這批家書的背景。父親為理想而受罪，帝制中國有所謂「誅連九族」，而我們雖然沒有一起牽連入獄，卻在現實生活中到處碰壁，親友走避，人情冷漠。我們知道，在這個矛盾的時代中，身為一個政治批判者的家屬，需要更大的覺悟和勇氣。

在最艱苦的時候，我們對父親不是沒有過怨尤，不是不曾豔羨過正常家庭的天倫之樂。父親平靜地辭世時，我的心情仍然交織著矛盾，有悲痛，也有不解。翻看這些家書時，第一次覺得父親的愛像陽光一樣暖熱了我的心，它們雖然含蓄，卻如此真實。是的，什麼宇宙大愛、社會關懷，如果不能從最近身開始，只是一些經過包裝的裝飾品，聊以自慰欺世而已。

陽光一樣的熱

——讀楊逵先生《綠島家書》

向陽

一

在沉埋二十多年後，楊逵先生寫於一九五七年至一九六〇年之間的《綠島家書》，終於重見天日了。

《綠島家書》是楊逵先生繫獄綠島期間寫給家人、而絕大部分未能寄出的信稿。這些信中流露了一個父親對子女的關愛，居然要等到這個父親離開人世後，才被他的子女及家屬所讀到。不能不說是人間一大憾事。

楊逵先生自一九四九年因發表〈和平宣言〉以六百多字繫十多年牢災，但終其一生，寬恕和平，一直未曾就他在綠島的遭遇、生活有過任何埋怨或言說。我們所熟悉的「綠島楊逵」，從來只是在營區中跑五千米、在獄中《新生》月刊繼續寫作的「受刑人」；至於他受刑期間的所思、所想、所憂、所煩，則未曾與聞。《綠島家書》的出土，浮凸了這位深富「馬拉松精神」之勇者的毅力，也印證了他「雷公打不死」的開闊胸襟，而又特別深刻地呈現了楊逵先生，一個作家，在人生災厄之前，家庭變異之下，澄明的思慮與溫熱的愛——這樣的獄中家書，像一把微火點燃在絕望的黑牢而永不熄滅，卻未能在楊逵先生生前傳遞給他至愛的子女，這豈不是造物者的不仁嗎？

對楊逵先生的家人，特別是家書中被「點名」到的主角們來說，一直要等到楊逵先生逝後、有人送回他們父親的家書，才能一睹二十多年前父親的關愛，拳頭望天，大概也有「彼蒼者天，曷其有極」的悲喜之感吧。誠如楊逵先生次子楊建先生在〈一個支離破碎的家——寫在先父「綠島家書」刊出之前〉（一九八六、十、十八、自立副刊）所言：

> 這些家書絕大部分未曾寄發，我乍一接到，當晚挑燈夜讀，前景舊事紛紛湧來，可以想見父親在當時嚴格的通信字數限制下，不能如願地將這些關愛寄達家人手中的悲憤之情，二來也可以知道，父親是想利用書信體的形式，來記下他飄離海外的所思所感……

是的。這些書信的確是記下了楊逵先生繫獄時的思慮，然而對於「因為父親的獲罪也陷入了困境」、「對父親不是沒有過怨尤」的楊逵家人，既未能在楊逵先生生前釋尤，也未能在楊逵先生辭世前對自己的父親有更深入的了解，則《綠島家書》的沉埋，也就無妨視之為「綠島楊逵」的沉冤。這位一生為了民主自由奮鬥不懈的勇士，生前受冤於社稷、死時含悲於家人，如此辛酸，使我們展讀他所留下來的家書時，也不得不為他抱憾！

萬幸的是，家書雖然沉埋多時，還有出土之日。在楊逵先生入獄（一九四九年）三十七年後，在楊逵先生一字一字寫下《綠島家書》（一九五七年起）二十九年後，在楊逵先生出獄（一九六一年）十五年後，在楊逵先生逝世（一九八五年）一年後——時光居然如此飛逝——《綠島家書》終於還是回到了楊逵家人手中，並透過楊建先生的整理，在一九八六年十月十八日，由自立晚報副刊推出，受到了眾多讀者的注目，不僅使楊逵先生生前的愛與熱（不該遲來而遲來地）燭照了楊家，也輝耀了這個依然紛亂的年代。

二

楊逵先生的《綠島家書》，原來寫在25開橫條筆記本上。從一九五七年十月十二日寫起，至一九六〇年十一月十八日止，前後逾三年，總計為一百零七封。從泛黃的筆記本上來看，這些「家書」推測是楊逵先生所寫的草稿，字跡時或整齊、時或零亂，有增有刪、也有劃了增補線卻未補入之處；有「退回」字樣、也有「不發」的注明；每封信有專門寫給的對象（如「親愛的陶」、「親愛的絹」……），並有寫給非特定對象的（如「親愛的孩子」、「陶、絹、碧」……）；每封信都注明寫信月日，有不署題目的，也有特別寫上標題的（如「人生的意義是什麼？」）——凡此種種，跟隨著時序的推衍、心緒的起伏、

Note Book
SCHOOL
EXERCISE BOOK
WRITTEN BY

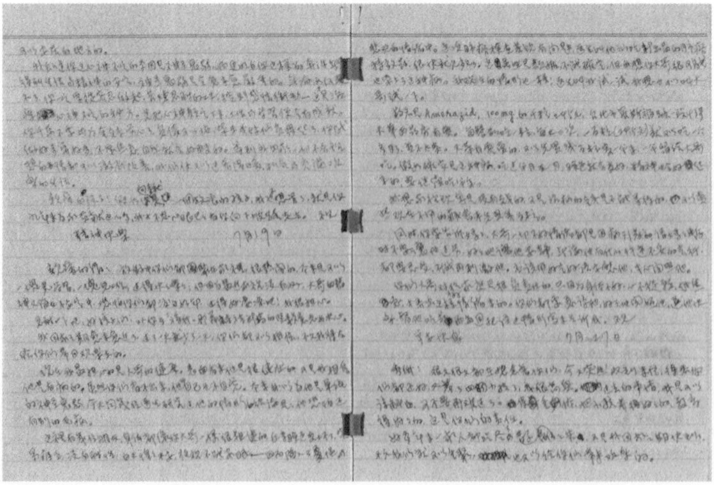

事件的切入、字跡的急緩，都讓人感到，在薄薄的筆記本中翻騰著的，是一個父親在有家歸不得的情況中，急切地發出了對受傷的家庭的禱祝，卻又無力而徬徨。

例如，在一九五八年一月十二日寫的長信「人生的意義是什麼？」中，楊逵先生就向「親愛的孩子」自責：

近來你的信都充滿著悲觀、憂悶、頹喪的氣氛，叫我很擔心，也覺得很慚愧。十年來，我未能盡到做一個爸爸應盡的責任，才讓你們兄弟姊妹，特別是你，吃得太多的苦了。……

小雛們剛出蛋殼，需要的是母雞用翅膀來防護、來溫暖，也需要母雞幫其覓食、帶頭找路的。在這個時候，你才十幾歲的時候，就讓你帶著幼小的弟妹們在冷酷的環境裡奔波，就是鋼鐵做的心也會痛的。這是我生活歷程中唯一的遺憾。

這種自責，正是一個為人父者最大的悲哀與痛苦。而楊逵先生寫下家書的這段期間內，楊家的情況也是最陷於困境之際：

正當母子多人連餬口都成問題（註：楊逵先生入獄後，家無積蓄）的時候，……向電力公司租來的土地，因為電力公司要收回以增建員工宿舍，限我們在年底前搬出去，交還土地。這是民國四十六年中的事情，這件事對窮苦的我們而言，形同晴天霹靂，而父親在家書中所提及的諸事，也從這年開始。身陷囹圄的父親，對家庭的困境、家人的頹唐，用盡言語相勸相勵，期盼大家攜手扶助，共同走過這段悲慘歲月……（引楊建〈一個支離破碎的家〉）

兩相比對之下，楊逵先生在身陷囹圄中對家庭的困境與家人的頹唐所做的「用盡言語相勸相勵」及其「很擔心，也覺得很慚愧」的心境，即使在事過境遷的今天來看，也令局外人為之鼻酸。

但楊逵先生基本上是個「逆風何所懼」（引一九五九年六月十四日家書）的樂觀主義者，在「綠島家書」中，除了家務的叮嚀之外，他談的最多的，就是「樂觀」兩個字。他生前喜歡以「愚公」自喻，樂於提及他在綠島長跑、游泳之事，在家書中，他也不斷提醒著他孤雛般的孩子們，「就算我們是烏龜吧！讓我們自強不息有始有終幹下去」（一九五七年十一月十五日）、「有用之材，就是一支針，一把剪子也是好的，何必一定要做棟樑呢？」（一九七五年十二月二十日）、「只要你的學習與工作能夠使你自己快樂，人人快樂、永久快樂，那麼你的生活便是挺有意義的了」（一九五八年一月十二日）、「做人不必怕苦、怕難，只要不灰心，意志堅定，終究我們是可以開拓一條光明大道的」（一九五九年二月一日）、「一次失敗一次巧——惟有永遠不灰心的人才能瞭解這一句話的真意義」（一九六〇年十一月十八日，家書最後一封）……如此堅強不屈的信念，大概也是楊逵先生一生沒有絕望過、不會被擊倒的「能源」吧！

是的，楊逵先生生前對於他自己這種「能源」也十分自信。一九八三年他接受自立晚報方梓的訪問，在簡述了一生的奮鬥之後，他的結論是這樣的：

這一生我的努力，都在追求民主、自由與和平。我沒有絕望過，也不曾被擊倒過，主要由於我心中有股能源，它使我在糾紛的人世中學會沉思，在挫折來時更加振作，在苦難面前展露微笑，即使到處碰壁，也不致被凍僵。

整本楊逵先生手寫的《綠島家書》輝耀的，正是這種「能源」。它是楊逵先生在一生最黑最暗最沉最悶的階段中，仍然放光放熱放亮放愛的動力所在。《綠島家書》不僅親切而翔實地紀錄下了綠島楊逵的真實形象，尤其顯印了一個樂觀主義者的胸懷。它像陽光一樣，不僅發自一個受難者開闊的方寸之中，引領著在顛沛長路上行走的受難者家庭，尤其可能照亮頹唐的時代，溫熱坎坷人生中的失意者仆倒而又爬起！

這樣的家書，不該只是楊逵先生家屬的紀念物，它是整個社會都可以共享的心靈資產；這樣的家書，雖然冠名「綠島」，也絕不只是一個受刑人自勵自勉的筆記，它還是所有在人生路途上正在前進、或陷於困頓的人都可以取汲使用的生命能源。

三

因此，當楊逵家屬重獲這本「綠島家書」筆記而交給我拜讀以後，我們便決定在自立晚報副刊加以連載。我在下班後的子夜裡，一頁一頁翻讀著由楊建先生整理加注的《綠島家書》，感覺到我所認識的楊逵先生，似乎就像每次與他見面一樣，用他枯瘦而有力的指頭，為我細說日記中的一切。他的聲調溫和而堅定，眼光沉著而閃著希望的光芒，忝為楊逵先生晚年的「小朋友」之一，我讀著讀著，不自覺鼻酸了起來……

《綠島家書》後來又由魏貽君兄整理過一次，並加上適切的提要標題，在一九八六年十月十八日，楊逵先生八十一歲冥誕之日，開始在自立副刊連載推出，至同年十二月二十四日全文刊完，歷時二個月有餘。楊逵先生在綠島的晦暝生活及其坦蕩胸懷，這時才盡鋪於讀者眼前，並普遍受到各界讀者的重視與迴響。

《綠島家書》由零散的報紙到嚴整的書本，楊逵先生的信念、愛心與希望，總算有了一個匯聚的所在。對研究楊逵先生的專家學者而言，《綠島家書》無疑是研究楊逵先生人生思想最集中的資料；對喜歡楊逵先生的讀者來說，《綠島家書》也是在楊逵先生死後與他「親炙」的唯一方式了。但最重要的是，對現在以及將來都得面對人生考驗的我們，《綠島家書》中從最黑最黯處放出的光熱，才是值得我們取用不盡、效法學習，並實踐力行的能源！

連死後也都發出陽光一樣的熱，來溫暖仍得不斷前進的人。楊逵先生，您可以無憾矣。

一九八七年二月二十日，南松山

希望之書
——《綠島家書》序

吳叡人

「阻擋不了浪潮，那就航行吧。」

——Margaret Atwood, *The Year of the Flood*

我在學術上的專業研究領域之一，是日治時期台灣民族主義運動的政治史和思想史。然而我生也晚，又長年留學他鄉，所以始終無緣接觸到那些活躍在《警察沿革誌》或者《台灣文藝》書頁之中的歷史人物。楊逵先生，是我唯一曾短暫親炙過的戰前民族運動世代前輩。

一九八三年冬天我透過楊翠，邀請了楊逵老先生到台大演講，作為「台灣文學週」活動的壓軸。當時我是台大代聯會主席，因為沒有入黨，成了國民黨眼中的可疑危險的校園「黨外份子」。我向課外活動組申請辦理「台灣文學週」系列演講時，課外組主任曹壽民告訴我，根據台大外文系某蔡姓教授的「專業」意見，「並不存在『台灣』文學，只有『在台灣的中國文學』」，要我更改活動名稱，否則不許舉行。後來經過一番「學術」「專業」談判，總算准了活動，但楊逵這場卻又特別派了課外組幾個組員監視，因為擔心有「黨外人士」出現鬧場，他們還預先警告我，活動中不准楊逵和楊翠以外的任何其他人上台。

我已經不記得那晚楊逵先生講了些甚麼了，不過總之絕對不是甚麼「在台灣的中國文學」。然而我依然清楚地記得他一身黑色台灣衫的瘦小身影，溫暖而滄桑的笑容，還有娓娓道來的親切的台語，釀出了一種我從未體驗過的重量與力道，深深地震懾了年輕無知，而且早被強制抹除了歷史記憶的我。那晚活動中心來了很多同學，場面很熱鬧而溫暖，很有一種歷史現場的感覺，生性善感而容易衝動的我，受到那種奇妙氛圍的感染，不顧課外組的警告，硬是把坐在台下的民歌手楊祖珺小姐拉到台上，鼓動我的伙伴和場內所有人，在她的帶領下一起合唱了楊逵作詞、李雙澤作曲的《愚公移山》。

活動結束後，課外組D姓組員在離開會場時，對我不客氣地說：「吳叡人，你自己看著辦吧！」我沒有理他，因為終於和台灣的歷史臍帶連結起來的衝擊，正使我百感交集，無法自己，媽的要記過就記過吧，誰在乎這些歷史的泡沫呢。不久以後我接到一封公文，發覺我只被記了兩個警告，因為根據他們的「校規」，我一旦受到小過以上的懲戒，就必須被強制解除代聯會主席職位，但他們不想讓我變成為一個校園「烈士」或者「政治犯」，所以只記了兩個警告，點到為止。

因為我不抽菸，身上沒有打火機，所以我把那封公文撕破，隨手丟進了垃圾桶。

那次我沒有機會變成「校園烈士」或「學生政治犯」（令人遺憾的是，儘管後來我做了一些更危險的事，但始終沒有機會成為烈士，有人天生就只能做第二線或第三線人物），沒有機會創造歷史，不過我卻遇見了台灣歷史。楊逵就是我的台灣歷史。那個冬夜，我曾經從父親書房裡的小學館《日本史》殖民地篇，從偷印來的王育德的《台灣：苦悶的歷史》和史明的《台灣人四百年史》裡面讀到的那段用文字編織的神祕歷史，突然變成了血肉，有了生命，攫住了我的靈魂。

然而那是一種過於茫漠巨大的歷史意識，而我太無知以至於無法辨識它的意義，太年輕莽撞以致無法理解血肉終會萎縮，生命終會消逝，於是我在無知莽撞之中，竟然就這樣和楊逵先生交錯而過，甚至沒有再轉身向他叩問一次關於這一切的意義。兩年後，楊逵先生過世了，我唯一親炙過的歷史前輩，如今又化為歷史書頁中的抽象鉛字。

所以那個冬夜我從楊逵先生的身影和話語中感知到歷史的存在，歷史的體溫和重量，但我必須要等到很久很久以後才開始理解那些歷史的意義。我開始體會到台灣政治學與社會學之缺乏歷史意識，開始「折節」修習台灣史，已經是九〇年代中期以後的事了。等到我開始笨拙地嘗試運用我在西洋政治思想史課程學到的方法來解讀台灣政治史和政治思想史的文本，開始一篇一篇累積我對這些困難的、不透明的文本的解讀，直到我終於寫出了一本叫做〈福爾摩沙意識形態〉的博士論文，弄清楚了一點那個世代的精神輪廓，又過了將近十年的時間。然而楊逵在我晚熟的台灣史與台灣思想史意識中，卻依然是一個巨大而模糊的形象，他比較像是一個人格典型（抵抗者），一種行動典範（組織與啟蒙工作者），而非思想或意識型態的化身。然後我從早稻田回國，開始研究芝加哥時代未完成的台灣左翼傳統研究，並且完成了一篇連溫卿研究後，終於在一字一句重讀《警察沿革誌》的過程中和楊逵先生再會，而這一次他終於以一個社會民主主義者的明確姿態出現在我描摹的光譜之中。儘管如此，我並不真正理解這個「社會民主主義者」楊逵，也尚未開始試圖去理解他，因為這時候我忙著學習世界語，深深地沉浸在另一位社會民主派連溫卿複雜、重層的思想世界之中。

然後又過了十年，楊翠寄給我《綠島家書》，我開始重新閱讀這些過去自以為明白易懂的文字。現在的我，和大學時代比起來，多知道了一點台灣史和世界史的知識，學會了一點解讀歷史文本的方法，還多了一點研究二二八事件和五〇年代白色恐怖歷史，還有在民間從事轉型正義工作的經驗，而且才剛出版了自己生平第一本文集《受困的思想》。這些歲月的積累對我重新閱讀這些看似平凡的家書頗有助益。我先讀了一遍，然後再一遍，一開始非常困惑，因為似乎找不到太多可供深度解讀的文字段落，也想不出任何具有新意的詮釋。這些文字就是一種特殊的「家書」，是一個政治犯在嚴密監控的條件下寫給自己妻子兒女的信，充滿了日常性的細節，不能陪伴在妻子兒女身旁的歉意，以及試圖透過文字參與妻子兒女生命的熱切的補償心意。他們也表現了書寫者一種難以形容，甚至難以解釋的人格強韌與樂觀進取。這些文字動人，然而透明到了不透明的地步，因為他們呈現的是一個太過私密的，外人無由進入的情感世界。

讀到第三遍或第四遍，我開始注意到書寫者反覆致意的幾個關鍵詞，如「土地」、「農場」與「家園」，如「互助」、「協力」與「自足」，以及反覆提起，幾近於執著的一家團結，共同建立「理想農園」的夢想，例如以下這段寫給長子長媳的代表性文字：

> 八月底有一位朋友會約你去白河……看土地。他有三十幾甲（有山、有園）的共業，可以合作，也可以請他們讓幾甲給我們經營。詳細情形到實地察看商量一下。這地方離城市較遠，自然不合種植零賣草花。不過，果樹、果樹苗和菊花、花菖蒲等的大宗生產及種苗球根的生產是可以的。更可以換些飼料餵雞鵝。因不零賣，倒比在城市種零賣花草有時間來看書寫作，對於

我們的整個計劃來說也許是更適宜的。祖母的扶養問題不必介意，只要把一個理想的農園建立起來，我一定有辦法請她出來同住，讓她快樂享受晚年。大姊自然也可以安置的。

長年研究西洋政治思想史與左翼理論的專業敏感，讓我突然聯想到這個看似執迷的世俗夢想之中，似乎隱藏著一個完全不世俗的烏托邦願景：一個社會主義者在事不可為的黑暗年代中，試圖透過家族互助，深耕土地與農業勞動，建構自主生存基礎的迂迴的個人實踐計畫。這也是一種「孤島」，不過不是楊翠所描述的那種被國家暴力傷害與隔離的，悲傷的個人孤島，而是在資本主義大海中浮現的一個個以家族為基礎的，互助與共同勞動的幸福之島。如楊逵在信中說的：「不能走直線的時候，你們應該轉彎。」在資本主義的洪水之中，我們家人應該緊緊相擁，結合成一座保有了最低限度人性與幸福的島嶼。

然而這個突如的聯想或狂野想像，這個過於跳躍的解讀其實依然不夠深刻，依然只是停留在表層，停留在我作為一個政治思想史研究者的專業形式之中，沒有觸及到事物的深層本質，也就是楊逵其人的本質，直到我再一次從頭閱讀，注意到楊逵次子楊建的提醒，這些家書大多因超過三百字的限制而未曾寄發，直到我重新閱讀了楊翠的〈穿越時空的家書〉，讀到她提醒說這些家書因未曾寄發，因而是「作家私語的日記」，我才終於理解到這些家書的特異之處——幾乎所有這些親情絮語，所有這些鼓舞勉勵，所有這些「馬拉松式的」勇氣堅毅，所有這些「雷公打不死」的樂觀，所有這些「長遠的計畫」，這些建設理想農園與個人社會主義實踐的烏托邦的傾訴，幾乎所有這一切都是楊逵孤身一人在火燒島的獨白，在孤獨之中與自己靈魂的對話。在火燒島上，在孤獨之中，楊逵靠在勞動改造的菜園裡的肥皂箱上，在簡陋的筆記本一字一句細密地、綿密地、稠密地印刻他與家人的想像的對話，包含著懺悔、叮囑、鼓舞、責問與指引，刻印一種無法分享，無從交流的溫柔與摯愛，刻印一種執迷的、終生不悟的熱情——刻印一種沒有根據，無須根據，無法證明，不證自明的，只要人活著，只要人渴望活下去，就會從靈魂深處迸發出來的，叫做「希望」的東西。然後我才發覺，和楊逵擦身而過三十三年後，我終於好像看懂了他那「似溫馴而又不太溫馴」（Scalapino 教授描述台灣人的用語）的，謎樣的溫暖笑容的意義。

於是我才理解，《綠島家書》書寫著楊逵朝向希望的意志，它是台灣人精神史上的一冊希望之書。

二〇一六・八・二清晨三點三十九分於草山

綠島家書

要尊重別人的意見

親愛的陶[1]：

七日的信收到了，的確家裡以及環境上的事情我都不太清楚，關於兒子的婚姻問題也是一樣[2]。

無論怎麼樣，兒子的終身大事應讓兒子自己去做決定，我們有意見只可以給他做參考，不能強迫他——這原則我認為是不會錯的。你說他憂悒喝酒，應給他娶妻就可以得到安慰，這想法未免太簡單了。

年輕人都有他自己的事業上、學問上的志願的，這些志願哪裡能以結婚來解決？我們不是常常看到因匆促與被迫的結婚而使年輕人脫不了桎梏，苦惱終身嗎？千萬不要勉強。

你向來就有喜歡發號施令的老毛病，經常說著「你要這樣、你要那樣！」這是不對的，一定要改過來。我們都要尊重別人的意見，就是兒女們的意見也不能忽視，太固執成見是不行的。

你說，再有朋友來說親的時候，你要把女孩子的照片寄來，這是用不著的，因為我不是相命師，無法從相片上看出一個女孩子的性格與嗜好。而這些倒是白髮偕老最要緊的條件。神經質的與不守約束、不負責任的；喜靜的與麻雀小姐的結婚，使我想起來就害怕。你千萬不要為這問題著急而勉強他、強迫他，這會造成無法挽回的大錯，使兒子終生脫不了苦難而受罪的，也是造成家庭不安與不愉快的主要原因，他會想要離家謀生的原因也是在此。等他來到，我會勸解他的，但你也要經常保持鎮靜。

祝

安好

四十六・十・十二

1 葉陶：楊逵之妻，生於一九〇五年，歿於一九七〇年八月一日。因追隨楊逵為台灣民主運動而認識，一九二九年於台南獄中結婚。

2 民國四十六年，台灣電力公司催討楊家唯一賴以維生的花園耕土，因此，楊逵的長子楊資崩著急而經常鬧情緒，葉陶為了緩和他的惡劣情緒，所以想以婚姻來激勵他。

親愛的小媒婆

親愛的絹[1]：

大哥在這裡很高興地玩了幾天，今天乘船回去了。

我想給你一個重要任務，相信你會樂意擔任，也會愉快勝任的。由你媽的信與大哥的談話，我知道最近他們那些摩擦都是由大哥的結婚問題引起的，我們應想辦法來打開這僵局。你媽想經媒人的手，你大哥不願意，但因工作太忙，又沒有找到機會的可能，使你媽媽著急。

現在妳的任務便是在大哥與何家小姐之間當酵母，努力地釀成芳醇的美酒來[2]。

錫三叔嬸[3]一直很疼你們，十幾年來，你們同他們兒女們相處得也很好，互相的性格與嗜好都有深切的瞭解。只要何小姐沒有已定的對象，由你來促進情感的發展是沒有困難的。你可以時常請大家帶你去同何家兒女們玩，如爬山、游泳等，製造接觸的機會。這類的技巧，我相信你從書本上已經有些心得。有問題我與你媽也可以當參謀。

這意思你可以告訴媽媽，徵求她的意見寫來告訴我，但暫時不要告訴大哥。因為他輟學以來一直在做苦工[4]，免不了有一點自卑感，害怕人家會瞧不起他的。其實，大哥在家讀的書已經不少了，他的學識與大學畢業生比較，並沒有遜色的。因此我們也應想辦法來打消他的自卑感。

我當面叫他找時間翻譯寫些兒童故事與園藝技術投稿，他已經答應了。

等明年，你與二哥都畢業了，家計由你們二人負擔，讓大哥進台大或者師大夜間部就學，他也點頭了。

他自己的學費由他自己想辦法，半工半讀是沒有問題的。這計畫你可以公開宣佈出來，以糾正有些人對他的錯誤看法，進而鼓勵他。這樣他便可以打消自卑感，提高樂觀積極的情緒，加以小媒婆的熱誠，我相信一定會成功的。你隨時把何家小姐的近況、情性、嗜好等詳細告訴我吧，以便計畫次一步驟。

親愛的小媒婆，當妳完成這一任務的時候，我可以保證「媒禮」是豐碩的，一定會叫你高興的蹦跳起來叫好。

祝

快樂

四十六・十・二十六

1楊素絹：楊逵的次女。

2何家小姐乃林錫三先生的外甥女。楊逵要達成葉陶對楊資崩婚事的早日促成，所以提議要楊素絹為他大哥當小媒婆。

3林錫三夫婦是楊逵光復後，住在台中市大同路存義巷十二號的隔鄰，是楊逵夫婦被捕以後，唯一最照顧他（她）子女的友人。曾任台中市議員。

4一九四九年四月六日，楊逵被捕以後，原就讀於台中二中初二的楊秀俄、楊資崩和台中市中一年級的楊建都輟學，經營花園，做雜工維持生活，過了十一天，葉陶和楊碧才開釋回來。翌年九月楊建在葉陶的鼓勵下又復學。

愚公和烏龜

親愛的孩子[1]：

七日的信收到了。你千萬不要灰心，只要保持住信心，所有的難關都可以克服，事業終會成功的。你聽人家說過烏龜與兔子賽跑的故事嗎？就算我們是烏龜吧！讓我們自強不息有始有終幹下去。

我們的運動大會於本月五日揭幕，紀錄了許多優異的成績，七日圓滿結束了[2]。

你妹妹來信說：我要參加游泳賽，又要跑五千公尺，她覺得很稀奇，不敢相信。她知道我在家時是不會游泳的，也未曾看過我參加賽跑，難怪她會覺得稀奇不敢相信。可是游泳是你同我賽過的，可不會再有懷疑了吧？至於五千公尺賽跑，因為你急於回家未能等著親眼看到，這裡卻有報導，快報、畫報，還有我跑進終點的相片、領到的錦標，都是真憑實據，你可以向她保證，爸不是吹牛。

固然我的成績是倒數第一，但這並不叫我灰心。因為這一次比上次進步了，下次還要進步的。

在我將要開跑的時候，許多朋友都替我擔心說，落伍不要緊，恐怕動起擔架來就糟了；也有人說：老羊也許可以勉強跑到終點，跑完之後是否想來請一個月的假。我很高興他們都沒有猜得準。

綠島新生營舉辦的營區運動會，楊逵（前排右一）一定會參加馬拉松項目。他從最後一名不斷地超越自己，因而體會出馬拉松的精神。

我不僅保持著一定的速度跑完五千公尺，最後還能有油可加，跑了半圈的快步進終點。不但沒有勞煩大家拿出擔架來，至今還是照常吃飯，照常工作，從這一點你們是可以放心的了。

由這一次的測驗，我更加強了生活的信心，因為我的馬拉松精神被證實是不錯的了。

這精神在體育方面使得通，在生活方面也使得通，在一切學問與工作，我都相信使得通。

馬拉松精神是什麼呢？就是烏龜的精神，也是愚公移山的精神。只要經常有準備，沉住氣，自強不息，有始有終，便不怕沒有才能，沒有本領，事業終竟是可以完成的。

我幼小的時候，人家都叫我「阿片仙」，一年二百五十幾天總是病，躺在床上的日子多。三十歲前後又因工作關係患過肺病，生活的難關不知道碰上過好多了。但現在五十三歲，我還能夠跑五千公尺而綽綽有餘，你說還有什麼可以灰心的？以你強壯的身體來說，不是更可以樂觀的嗎？

不要急功，慢慢地來，失足時警惕一下就行了。宇宙間沒有什麼東西可以把我們的命運註定的。我想貢獻給你「自強不息」四個字。這是我領到的錦標上所題的，我相信我們都需要它。

祝
平安快樂

四十六・十一・十五

1這一封信，主要對象是對楊資崩的安慰與鼓勵，附帶給他們五兄弟姊妹以「自強不息」的贈言。
2綠島新生營每年有定期的營區運動會，楊逵以五十三歲老人的身分，參加了五千公尺長跑與游泳比賽。

我是雷公打不死的

親愛的資崩[1]：

七日的信收到了，因你好久沒有來信，叫我很擔心是否途上出了什麼事故。如今得悉你已平安回到家裡，我才放心。但你信裡充滿了頹喪的氣氛，我還有一點不明白。如你所說，近來工作很少，難得一月半月有點空來看書，休息一下，何必就來憂悶呢？只要保持身體健康精神快樂，這一月半月的虧空，不是很容易可以抵補的嗎？有什麼可憂悶的？人生是不如意的，困難是免不了的，你應該放開衿懷、放大眼光，不要為這些小事情煩擾。我是雷公打不死的了，天大的事情也不能騷擾我的心，你有什麼困難，有什麼難於排遣的心事儘管照實告訴我吧！雖然不能為力，總可以幫你想辦法排憂解悶的。家裡的柴米油鹽與弟妹們的學費要緊，我要的東西暫時不要寄。

同封寄上畫報、報導各一張，我領到的錦標上題的是「自強不息」四個字，很合我意，等有機會再寄回去。

祝

平安快樂

四十六・十一・十六

1 楊逵的長子楊資崩（一九三二～一九九八），曾在桃園大溪鎮經營資生百花園，專營蘭花之無菌繁殖。

我是多勇壯的

親愛的資崩：

二十二日的信收到了。你好久沒有來信，叫我很擔心是否發生了什麼事故，以後無論如意不如意，好消息、不好的消息，都沒有關係，時常把你們的實際情形寫來告訴我吧！

你在士林找到的工作還不錯[1]，這樣能夠同弟弟住在一起，對於你們的學習與工作都是好的。如果工作不太緊張，不太累的話，你可以準備明年升夜間大學念一點書，充實你自己。

如找到適當的土地，全家搬過去我也贊成。你媽的脾氣難改，為了減輕你精神上的苦惱，暫時讓他們在台中住一下也可以。不過台中的花園可以廢掉[2]，土地不要買了，房子也不要蓋了，慢慢可以為台北農園做準備[3]。

你曾說電力公司限我們到月底搬家，到底怎麼樣了[4]？

我一切都很好。五千公尺也跑得很順利，現在寄去新生月刊[5]三運特輯一本，由此你可以看得出我是多勇壯的。

祝

平安快樂

四十六・十二・七

1因為台中所租的土地被取回，楊資崩無以維生，到台北找工作，結果在士林的百齡花園擔任園丁的工作。
2既然沒有土地了，就不要勉強為買土地而繼續經營、為沒有錢而苦惱，所以說要廢掉花園。
3楊逵曾經建議楊資崩在台北重建花園。
4向電力公司所租用的土地，限於民國四十六年年底搬離交還。
5新生月刊為綠島政治犯大本營「新生訓導處」的定期營內刊物。

孩子請聽我說

親愛的資崩：

十二月一日與五日的信都收到了。你說要辭掉士林的工作，我覺得很可惜，只要謝君[1]與他的母親需要你幫助，歡迎你，而你自己覺得你的工作確不辜負他們給你的薪水，能減輕農園一點虧空，你就依照他們的意見工作算了，不必堅持你的意見。你的意見等我們自己的農園辦好後就可以拿來發揮。

你在士林工作有幾點好處，回到台中是辦不到的。

(1)阿建的住宿問題可以解決。

(2)你兄弟倆在一塊，可以互相勉勵，相輔相成，減少寂寞。

(3)早晚讓阿建在園子裡走動走動，可以調劑他的室內生活，增進健康。

(4)你可以準備明年進夜間大學深造。

(5)可以與文化界多一點接觸，多交些文化工作的朋友，提高你在這方面的興趣與信心。

(6)可以消除你的自卑感。（你不是時常覺得自己終身在苦工中混，比不上人家嗎？）

(7)特別對於你計畫的台灣抗日史編纂工作[2]，住在台北方便得多了。

關於全家搬遷的問題，那是將來的事，你不必因媽的反對就改變，這也不是幾個月短期間就可以在那邊弄出農園來的。你應該預先準備準備，譬如找主顧啦、覓尋土地啦，以及資本的積蓄都是需要一段時間的。等到一切準備妥當，人面也熟了，媽便不會再反對的。

你到士林工作的消息叫我很高興，素絹來信也說這是一個很好的轉變。你同阿建又都希望這樣，便不要放棄這個好機會。這轉機對於你、對於弟弟、對於我們將來的事業都是很好的，你可以再考慮一下。

台中的房子[3]既然蓋了，就種一點木本的果樹與花木，照顧比較容易，你不在家是沒有關係的。

祝

安好

四十六・十二・十五

1謝君乃侯朝宗先生（後改名為劉啟光）之妹婿謝新來，是士林百齡農園之園主。

2楊資崩曾答應楊逵，要負責編纂「台灣抗日史」一書。

3被趕出電力公司租用地之後，葉陶又借貸在現今台灣大道、全國大飯店對面附近買了一塊地，搭蓋了一間竹片土牆屋。

理想之芽也該萌了

親愛的萌：

新年又到了，正在這個時候你提高了文藝工作的興趣，想要著手編纂台灣抗日史，我很高興。為祝你有意義的工作的開始，我贈給你筆名「萌」。對於播過十多年的種子，種植過上百萬棵花木的你，這個字的意義是不必贅言的。

那是多麼蓬勃有力啊！

春天又到了，你理想之芽也該萌了。

十三日的信收到，小包（手錶、打火機、眼鏡、維他命二）也都收到了。你既然辭掉了士林的工作回了家，也罷了。但我還希望你在不久的將來能夠找住機會來達成你的願望。

新春該是這個準備工作的好開始，利用搬遷與蓋新房子的機會，你可以把你理想中的小模型建立起來。但不要太緊張，一定要保留些時間用在文化工作上面。工作是要配合的，偏了就不好。

弟妹們不久就可以畢業，替你挑起家庭上的擔子來了，你可以輕鬆一下。

四十六・十二・二十

我未曾落過伍

親愛的絹：

二十六日的信收到了，又是大皮球，又是啤酒桶，真糟糕，要不要請大哥把門口加寬？會不會脹得大門口都不能進去？我想你還是多運動運動把身體弄得結實一點好。爸雖然瘦，身體卻是蠻頑強的，近來常常早飯前上山砍草，我都未曾落過伍。

天天跑五千，骨硬皮肉堅，不怕寒流凍，不怕烈日煎——這是我的生活信條。

你參加故事演講與單車賽跑都很好，我們不必爭冠軍，只要自強不息，繼續把身體與精神都磨練得堅強就行了。這樣便是有用之材，就是一支針，一把剪子也是好的，何必一定要做棟樑呢？

四十六・十二・二十

親愛的碧[1]、建、陶：

你們都好嗎？在這個新的土地、新的房子、新的環境、新的春天之下，我希望你們都提起新精神來。

祝

新年快樂、笑聲溢出家園

1 楊碧：楊逵之么女。

楊逵在綠島期間持續參加馬拉松比賽，他所勵行的生活信條之一就是「天天跑五千，不怕寒流凍」。

腳踏實地大步走

親愛的萌：

十五日與二十日的信，還有二百元都收到。我十五日與二十一日給你的信你也收到了吧？現在我依然覺得你丟掉了一次好機會。假如你繼續在士林工作，為改善你的精神生活，一定有很多好處的。不過事情已經過去了，不必再說，還是來談談將來好一點。關於你的出路，我經常在為你設想，放心好了。你說，你沒有一項專門技術找不到工作，很寒心，其實，在園藝方面你的技術已經是很不錯的。論每月收入，很多大學畢業的都比不上你，你不要把希望抬得太高。就我們的家境來說，也是不必的。

弟妹們快要畢業，不久便可以替你挑起這擔子來了，很快你便可以為你自己的出路去開拓前程。

我覺得，我憂悶的原因並不在於物質生活，而是在精神生活的空虛感。我有一項遠大的計畫，回家之期也不遠了，很快就可以實施，其中也有一份你高興的工作。以後你不要在掙錢方面過分勞心勞力，應保留些時間看報刊、圖書。目前的物質生活苦一點沒有關係，等弟妹們畢業，你馬上就去台北進夜間大學，在那裡你可以學些基礎智識，接觸研究學術的氣氛，結交些文化界的朋友。這一切為消除你的自卑感與憂悶的情緒都是必要的。

在那裡你將會發現你高興學的東西與有意義的工作，而能全神貫注下去，你便可以提起精神建立樂觀的情緒來。

具體的步驟不是二、三百字的信可以寫得清楚的，但你有問題儘管詳細寫來，我將利用《新生月刊》同你討論，這裡有些朋友陷入這樣不好情緒的時候，常來找我研究，都得到很好的影響。我相信一定能幫你找出你高興走的出路來，以發揮你的智慧的。但你近來的情形好像有一點神經衰弱的樣子，也應該好好地治療。不能安眠、頭腦紛亂、胡思亂想、精神不能集中、沒有耐心——這一切都是神經衰弱的症狀。

你拿來給我的漢藥藥方[1]，還存著的話，馬上買一服，每天吃一兩次，很有效的。（沒有的話寫來告訴我，我隨時可以再寄）這藥可以加強內呼吸與新陳代謝，消除肉體與精神上的疲勞，使頭腦清爽。我的經驗是很不錯的。我也希望你有機會的時候再寄一點來給我。

祝

新年快樂

二十五日寄給你的肖像與錦標收到了吧？

四十六・十二・二十八

---

1 據說是提神之漢方：只壳半錢，桔梗二錢，百合二錢，雙白三錢，枇杷三錢，杏仁三錢，紅花一錢，川貝三錢，水深三錢，午節三錢半，朱砂（辰砂）三錢，虎碧三錢，蘇胆三分，蘇木二錢，細辛二錢，花片五分研末。

螞蟻與拿破崙

親愛的萌：

新年又過去了，你們都快樂嗎？二十五日寄給你的肖像與錦標收到了吧？算是給你們的新年禮品，我相信你們都會高興的。假如你的情緒還是不太好，那一定是神經衰弱，我同幾位醫生研究過你的情形，他們也認為是的。我也有幾次經驗，知道這是很苦惱的，要馬上治療才好。

上週告訴你的藥，吃過了沒有？沒有的話，馬上買一服試試看。醫生說，打男性荷爾蒙針也不錯，都可以試試看。

藥物療法之外，還要注意精神療養，才好得快。

我們的家，現在比過去好得多了，沒有什麼可寒心的。你要把精神輕鬆一下，以求情緒的穩定。這毛病的原因是過度的精神緊張，不如意事太多了，想不開、走不通，以致處處受打擊。所以，在現實環境之下辦不到的事情不要去想，以自己的能力做不到的事不要去做，自然就會把精神集中於單純的日常生活上、工作與學習上，把它整理得有條有理，發現天天有進步，就會恢復信心。無論進步的速度怎樣慢，就像螞蟻一樣也沒有關係，這才是最可靠的辦法，也是理想事業的堅實基礎。

不要幻想，幻想愈大，失敗的成分愈多，幻滅的打擊也愈厲害，這是神經衰弱常會伴來的精神狀態，也是使它愈陷愈深的因素。千萬不要急。

人生好像長距離賽跑，我們這一次賽跑當中，就有一位青年性急的朋友，開始就拚命地跑，結果繼不下去而落伍了，不能跑到終點。可見衝勁是不能持久的，耐久力最要緊。這才是自強不息的真義。前信你引拿破崙的狂妄之言，說你會這樣做的，這是誤解了我的意思。歷史已經證明它是錯了，違背了自然法則與歷史法則的事情，終竟是不可能成功的。你不要急，可以把作息時間分配一下，每天工作時間不要超過八小時，兩點鐘看書報，兩點鐘學寫文章、日記、書信。把你每天看到的、聽到、做到、學到的事情詳細寫來給我，你就會把你散漫的精神集中；整理得有條有理，要解決便容易了。這是醫治神經衰弱最好的辦法，也是開拓你的出路最堅實的基礎。過去我給你的信，你可能有些誤會了，現在可以整理整理連貫再看一下，可能對你的問題有一點幫助。未能解決的問題，儘管寫來讓我們來研究研究。

祝

安好

四十七・一・四

我會把笑聲帶回家

親愛的萌：

二十五日寄給你的肖像收到了吧？我期待看你們高興的消息，但你二十三日寄來的信卻依然充滿著悲觀苦悶的呼聲。我同幾個醫生朋友研究過你的情形，一致認為你有一點神經衰弱。這病我也有幾次經驗，知道是苦惱的，你要用心醫治才好。上週告訴你的漢藥吃過了沒有？馬上買一服吃吃看。醫生說打男性荷爾蒙針也有效，都可以試試看。

你說家裡沒有和氣與溫暖，我知道這是很難受的。不過我回家之期不遠了[1]，你可以相信我一定會把你殷切期望的笑聲帶回去的。忍耐一下吧！

這病的原因是過度的神經緊張，不如意事太多了，想不開、走不通，再加上孤獨寂寞，到處受打擊，便會愈陷愈深的。所以，你在吃藥與打針之外，還要力求精神之穩定。

以下我給你擬一個計畫，希望你馬上切實實行。如有覺得辦不到的，或者在實行之後發覺是走不通的，你就把其具體情形寫來告訴我，以便重新研究。

以你的能力在現實的情形之下做不到的，不要幻想，把精神集中於日常的修養、工作與學習上，把它整理成有條理的，你便可以發現天天進步，可以恢復信心，這樣做對於這病的療養與找尋將來的出路都有益處。

(1)上半年把家園整理一下，種些容易管理的果樹花木之類，準備弟妹們畢業後你就離開。

(2)下半年以後，家庭的擔子讓弟妹們挑一下[2]，你可以半工半讀進夜間大學深造。找幾個談得來的朋友互相勉勵是很要緊的。弟妹們不是都有他（她）們的朋友嗎？改掉孤僻，你會找得到的。

(3)工作不要過勞，留些時間讀書看報，寫日記。注意把每天所學的、做的、想的寫清楚，不要寫空調的感情。每週一次把那一週的經過情形詳細寫來給我，這樣便可以把你散漫紛亂的精神慢慢整理成有條理的。有空的時候，把過去給你的信整理整理，連貫再看一下，把你可以做的記起來馬上實行。有疑難的寫來告訴我，以便檢討。

(4)我計畫回去以後，經營一個農園（這裡一位朋友有十甲土地在八堵火車站附近[3]）兼辦出版。那個時候你可以選擇你自己高興的工作，如出版業務、編著、採訪、農園管理等。現在你還沒有找到你的興趣所在，不必求什麼專門技術之精，只要對一般社會常識與文化工作的基礎學一學就行了。專門技術可以在工作中學到，但每天的報紙你一定要看。我們可以慢慢準備，千萬不要著急。

祝

安好

四十七・一・四

1此時距離楊逵刑期到期日民國五十年四月七日還有三年多，楊逵認為不很長。

2楊建將於民國四十七年七月畢業於大同工專。

楊素絹將於民國四十七年七月畢業於台中師範學校。

3這位朋友是楊逵在綠島的同學，什麼名字他沒有提起過。

回家之期不遠了

親愛的絹：

新年又過去了，你們都過得快樂嗎？

大哥來信說：你已經在試教，畢業之期快到了。我知道你的性格，畢業就職以後，可能會碰到許多難題，也許是你已經在害怕的，但希望你忍耐兩年，與二哥二人協力把家庭的擔子挑一挑。

我回家之期不遠了，那個時候，一定能讓你再進大學深造的。

由大哥的信看來，他似患著相當嚴重的神經衰弱症，他說「找不到出路很寒心」，思想散漫紛亂。

我想非讓他換換環境是不行了。所以我叫他等你同二哥畢業之後，去台北半工半讀進夜間大學。在那裡，他可能會找到興趣所在，也可以多接觸文化工作的朋友，提提信心，消除自卑感與孤獨感。

在他離家之前，希望能夠把他的病治好一點，我寫信告訴他幾種吃的藥與打針藥，也告訴他切實寫日記，把他散漫、紛亂的精神集中於日常的修養、學習與工作上面，整理成有條理的。你每次回家的時候，要勸告他嚴格實行，用心醫治，而把經過情形寫來告訴我吧！

他又說：「家裡沒有和氣與溫暖」，可能是你媽的牛脾氣時常發作吧？希望你代我請求你媽媽冷靜一下，千萬不要把大哥的病愈弄愈不得收拾。他現在正需要在和氣、平靜與溫暖的環境裡！放假天請他帶你們去爬山玩球，可以提提精神也很好的。

祝

安好

四十七・一・四

精神食糧不可缺乏

親愛的萌：

關於你所面臨的許多問題，我決定從新年號開始，在新生月刊公開討論。這是朋友們的要求，你也將可以看得到。我不敢說，這些意見是完善的，你有問題與意見儘管寫來，以備隨時檢討。

這樣，每月又可以得到二十元前後的稿費，一舉兩得。以後零用錢不要寄來，你也該用那些錢去訂報刊、買書本，這精神糧食是現代人所不可缺乏的。一個智識階級的家庭，並不因為用勞力謀生而有虧，但它沒有報刊、沒有充分書本讀，而不懂世界大勢、時代潮流、文化科學的動向，做人做事便會缺乏理智——則可以斷言是虛有其名了。

在孤單寂寞的環境裡，你媽染上了許多庸俗習見，把過去那蓬勃進取的氣象都丟了。我們可以同情她，好言安慰她，但絕不能被她這種觀念纏住而踟躕不前。

你應該勇往邁進，等時間證明你走的路是對的，是光明的，她便會改變過來，我們的家才能回來溫暖與團圓，真正的民主家庭便可以建立成功。

如建築許可拖得太久[1]，空度這不安定的時間是難受的，你可以馬上就走，租個小房讓他們住下，以蓋房屋與買土地的錢[2]，他們大概可維持到我回家。

你應該做的，不是房屋土地，這一切我回去就有辦法，你不必為這些事勞心勞力。十年來，你為家計與弟妹們的學費，已經太辛苦了。現在你該為你自己的健康、情緒的穩定、樂觀的精神以及將要用到的新智慧而用功，這才是最可靠的財產，永不會丟掉的。

現在寄去剪報〈巨人的兒子〉一篇與《黃金時代》一本，你當會得到啟示吧！這些文章都並不完善，你不要「死記」盲從。你應先全部讀一下，再每天重讀一節，找問題寫筆記，每週綜合你一週中的心得寫來，我們可以討論。這樣，對於找你的出路，將會有很大的幫助。

你以為對嗎？認為對的話，就要馬上實行。認為不對的，也要把你的意見寫來。

你要我指示你的出路，出路是要估量你的實情才能決定的，憑空劃一條路是沒有用的，你應該先把你的實際情形詳細告訴我。

祝

安好

四十七．一．十一

1 葉陶新買的土地上所建的建築執照，但其實此時土地也買了，房子也蓋了。

2 楊逵的意思是把準備要買土地與蓋房子的錢由楊資崩帶到台北去重建農園，隨便在台中租個小房子給葉陶母子住。

人生的意義是什麼？

親愛的孩子[1]：

近來你的信都充滿著悲觀、憂悶、頹喪的氣氛，叫我很擔心，也覺得很慚愧。十年來，我未能盡到做一個爸爸應盡的責任，才讓你們兄弟姊妹，特別是你，吃得太多的苦了。過去我時常告訴你們說：吃苦就是磨練，碰到困難正是試煉的機會。

這話在我雖然不是虛言，也不是為了安慰你們，隨便應付一下的空言，我的確一直以這樣的信念來磨練我自己，把身體鍛鍊成了所謂「老當益壯」的，也建立了萬難不折、永不氣餒的樂觀精神。

但對於正需溫暖與愛護的小雛們，這句話未免太過於苛酷了。小雛們剛出蛋殼，需要的是母雞用翅膀來防護、來溫暖，也需要母雞幫其覓食、帶頭找路的。在這個時候，你才十幾歲的時候，就讓你帶著幼小的弟妹們在冷酷的環境裡奔波，就是鋼鐵做的心也會痛的。這是我生活歷程中唯一的遺憾。

我也曾同你們說過，對於我自己，我一直是很樂觀的。但每次接到你陷在憂悒苦悶的消息，我這一面樂觀的鏡子便會帶上了陰影，只有你們歡樂的音信，才能把它拭得乾淨明亮。

這樣的顧慮，做一個朋友也許是不錯的吧！但做一個爸爸，顯然有虧。在你們正需要溫暖的時候，我的翅膀離得這麼遠，無法把你們抱在懷裡，使你們免致凍僵。在你們正在迷途上徬徨的時候，也未能帶頭指點你們，使你們避免踏上這許多陷阱與險崖。

幸虧，你們都能夠自強不息，雖說這十年你們過的日子並不太理想，你總把這個家維持得不錯的了。弟妹們很快就可以畢業做事，雖然不能期望這一來就是豐衣足食，在這苦難的時代裡，我們的家也可以算是小康的了。我們不能太奢望。

這一切的成果，都是十年來一直到現在，你願做牛做馬努力工作的結果，我是很感激的。可是，也就是因為如此，你們都疏忽了另一項更要緊的沒有做到。

現在，你將可以減輕擔子鬆一口氣的現在，你開始想到你自己的前途，你說：十年來都太盲目了，沒有學到一項專門技術，找不到出路，很寒心，而要我指示你的出路。這是一個有志氣的青年一定要碰到的問題，雖然時間慢一點，卻也並不太遲，你奮發用功找到了正確的路的話，馬上就可以迎頭趕上，毫無問題。要緊的是冷靜沉住氣，千萬不要慌張。

我老早告訴過你好幾次，叫你在百忙之中，也應該為你自己設想好好準備一下，但那個時候你為家計纏身，正如你自己說：太盲目了，沒有心情來考慮到我的話。這也是難怪的。

今天你碰到的是一個十字路口，前面有好幾條路，待你來選擇，要走哪一條路呢？你卻失掉了信心，開始徬徨，發出ＳＯＳ來了。

你又說：人生的意義是什麼呢？仍解不開這個疑團……。

到底人生的意義是什麼呢？

是上天堂做神仙？還是下地獄做鬼怪？

或者是求在這地球上保持住永恒的生命。

瞭解了人生的意義，自然要過著那最有意義的生活，那麼你想找的路是哪一條也就明白了，這兩個問題即可以一舉解決。

天堂與地獄是人家用來哄哄小孩的，約束不了多少人。你看，那些高興做好事的人便是為了上天堂，那些存心做壞事的人，更未曾因為害怕地獄而改變其作風，仍然在追求他們的快樂。做好事的人是為了追求真理與心理的安慰，求的是快樂；做壞事的人為了享受，求的也是快樂。那麼可以說：人生的意義就是為了求現實的快樂。只因為立場不同，有的看得遠，有的看得近；有的有理智，沒有理智可以控制的，便憑著衝動來決定他的行為，做起事來方式也就不同了。

我們所求的快樂，應該是永恒的快樂。

一時的享受之後，跟著便會帶來苦惱的，如酗酒、遊蕩等都不是真正的快樂。為了醫病，藥是苦的，開刀是痛的，但為了享受健康的快樂，一時的苦痛總可以忍受的。為了發現真理的快樂，為了完成事業的快樂，學習與準備期間的苦惱也是無所謂的。

為了個人的快樂，而陷朋友、同胞於水深火熱之中的，就算他再沒有良心，以為是無所謂的，終竟也免不了因怨聲載道而感到不安，更不會是真正的快樂。

像你，為了拯救家境，盲目的幹，毫不考慮到自己的興趣與前途，結果也陷入了這樣的迷途而不能自拔，也不是真正的快樂。

人的行為一不小心就會為衝動所支配，以致不能瞻前顧後，這是一切苦惱的原因。

「人生以服務為目的」的意思是說：做一個人應該要為人家謀福利，但並不是說：要犧牲一切去為人求快樂。斤斤計較當然是不愉快的，但把一切都犧牲光了，以致不能再起的話，哪兒來的永恒的快樂？那些終生唯唯諾諾，永遠為主人服侍的奴隸，豈會是自願的？當然也沒有快樂之可言。

世間有挖自己的肉餵母親的人，成為「美談」，我認為這種「美談」，有些神經失常。他這種行為不僅苦了自己，也會苦死了被餵的人的，一點好處都沒有。

為使我們的服務有效，是永恒的，我們不可以輕生。

我們可以為大家的快樂而犧牲，但這快樂的享有應該包括自己在內，應該自己也有一份，才是情願理得的。很多被衝動驅使而為人家犧牲的人，終免不了要懷疑要後悔，就是這緣故，這樣的快樂不可能是永恒的。

我們可以說：為眾人的快樂也為自己的快樂，為永久的快樂，而不是為眼前一瞬間的快樂，這才是真正健全的快樂。

快樂不僅是物質的享受。

溫暖的家、誠實相待的朋友、富貴康樂的國家，以及得到了新知識、找到了真理、完成了心願的工作等，這一切精神上的滿足，也就是快樂的重要泉源。

要是我們時刻注意衛生體育而改善肉體，經常誠實待人而獲得了互信可以合作的朋友，時刻學習，努力工作而開啟了智慧之門，事業有進展，快樂便會經常跟我們自己走。這一切微小的快樂匯集起來，便是溫暖的家庭與康樂的國家的基礎，個人的快樂便與大眾的快樂結合在一起。

固然社會上還有許多矛盾，時常我們都可以看到自己的快樂與人家的快樂不能協調，不能並存的現象。

譬如水源不足，因而激起了農人們為爭水而死鬥，便有人興建水利工程，普遍給水以求解決。近來對氣象控制的研究，終會達到可以隨意叫天下雨，或者叫它不要下雨，這樣一來，農人們的矛盾不是就可以解決了嗎？

譬如，世間有些不勞而享受的人、與勞苦而不能吃得飽的人，針對著這樣的矛盾，很多政治思想家、經濟學者不是在專心研究其對策嗎？許多革命家不是為這類事情的解決而在奮鬥嗎？

也有很多家庭缺乏著和氣與溫暖，使青年人走上了迷路，使老年人不能過著安靜快樂的生活，對於這些問題的解決，不是也有很多教育專家、心理學家、文藝作家在努力工作嗎？

很多很多的工作都為了征服自然，同時也為了解決人與人之間的矛盾，正在進步與發展。

世界上等待你們青年人去開拓、去發展的學問很多，等待你們去創造發展的事業也很多，只要你對某一項學問或者某一項工作有深刻的瞭解，你便會發生濃厚的興趣，自然就會樂在其中了。

人生不僅為的是麵包。

工作的快樂與苦惱是在於有沒有興趣、瞭不瞭解其意義，與勞心勞力並沒有直接的關係。

以我來說，我認為勞心與勞力的適當配合才是最合理的生活方式。工人農民在其體力勞動之間，為了改善工作環境與文化活動方面，應該多動動腦筋——就是勞心；辦公室內的人也應該找些體力工作——如整理環境，種植蔬菜花木，這樣把勞力與勞心的工作統一起來，就可以平衡發展，是快樂的，也能夠發揮工作效率。

很多人尊重勞心的人而輕視勞力的人，這是不對的。

一個智識分子並不因為他以勞力謀生而有虧。徒手遊閒、不懂事理、除了打馬屁之外沒有技能的所謂智識分子才是虛有其名,可恥的。

這類的人,為他個人來說,也許一時可以享有高薪與清閒,結果總會把身體弄壞,精神也不能健全,一碰到風暴就會塌台,不會有長久快樂的。為國家民族而言,他便不過是一隻寄生蟲,更不能為眾人的快樂有所貢獻。

人生的意義是爭取個人長久的快樂,同時也為眾人追求快樂。

無論你高興的是自然科學也好,社會科學也好,無論你想做一個工程師或是文化工作者,也無論你是一個農人與工人,只要你的學習與工作能夠使你自己快樂,人人快樂、永久快樂,那麼你的生活便是挺有意義的了。

祝

快樂

四十七・一・十二

---

1 這裡親愛的孩子是以對楊資崩談話的語氣,附帶告訴所有兒女的話。

爬起來迎接黎明

親愛的碧：

離開你們快要兩個月了[1]，你們都好嗎？你在看什麼書？有何感想？寫來給爸高興一下吧！爸初回到這裡來時[2]，雖然熱得吃不消，現在已經習慣了。自到菜園工作身體很有進步，每天可以挑二十擔水，走兩百步澆菜，並不覺得累咧！休息時，菜圃的草房很涼快，我常躺在茅桿床上，或者坐在肥皂箱前（這是我的寫字桌啦），想些有趣的經歷與故事，等寫好之後，當有機會給你們看。

親愛的絹：

來信與校刊都收到，〈將行〉寫得很不錯。大皮球跌倒了要爬起來也許很吃力，但以你這樣樂觀的精神與堅毅的決心，我相信你一定會爬起來迎接黎明的。

大哥的新聞函授[3]，你也可以看看，每週的作業，你也可以試一試。叫大哥把他的作業抄一份和你的一塊兒寄來，我們可以共同研究。

親愛的建：

三十日的信與畢業論文[4]的底稿都收到。年輕人總是妄想與幻想多於理想，因此無論在學術上、工作上、生活上都會覺得問題愈來愈多不能滿足，從而發生懷疑與煩惱，這是免不了的。不過為了減少煩惱應該多做一些可以滿意的事，自然就會想得開，也可以提高樂觀的精神。

「食到老學到老」，人生是永遠不會滿足的，問題也是一個解決了還有一個接著發生的，也就是這樣人生才會有進步。自滿自大是人生的停止符號，到這就沒有前途了。我們應該在日常生活、學習與工作中去求一點一滴的進步，這是每一個人都可以做得到的，但它繼續不斷的累積起來，成就就大了。這樣天天可以看到自己在進步，自然是快樂的，這是樂觀精神的基礎。

解決了每一項問題，完成了每一件工作之後，誰不高興？一旦決心開始的工作、學習，都要自強不息、有始有終、貫徹到底去完成它，不要游移不定。

雖說只顧耕耘，不問收穫，多流一點汗，多動一點腦筋，收穫總會比較豐碩的。你的畢業論文主題與著眼點都很對，人生從大眾那裡獲利，也應該要為大眾服務。以後有什麼想不開而使你煩惱的問題都可以隨時寫來討論討論，總比一個人悶在心裡頭好得多了。俗語不是說：「三個臭皮匠勝過諸葛亮」嗎？

親愛的萌：

來信、五十元、沙眼藥膏都收到。近來你的心情安定一些沒有？你千萬不要為負債焦急，也不必為前途擔心。穩定地一步一步向前走，就可以為你自己奠定將來的工作基礎，一步一步慢慢來，不要想飛天。弟妹們都畢業了，可以分擔一些擔子的，你應該可以輕鬆一下。但對於學習方面應該繼續不斷，假如每週習作一篇，一年不是可以寫五十多篇，到我回家時，不是可以寫一百多篇了嗎？從這一百多篇習作中間，一定可以找出幾篇滿意的，這就是收穫。就說一篇都沒有滿意的吧，你在這習作經驗中，一定可以習熟表情達意的方法的。思想可以在經常推敲中整理起來——這就是收穫，而且是更重要的收穫。

這樣的收穫是金錢買不到的，也不是短時間可以得到的。千萬不要為面子勞心，也不要為閒言所惑，充實實力最要緊。勞心與勞力的適宜配合是最健全的生活態度，因為這樣才能獲致精神與肉體並行的健全發達。

祝

精神愉快

四十七・七・十二

1 楊逵曾於民國四十七年一月底借提到台北新生北路的一間別墅裡，有一位長官與一位老士兵同住。據楊逵說是當局想派他到日本工作，結果因條件不符（因為楊逵要求全家大小同行，以免除後顧之憂及當局之要脅），於五月間又被遣送回綠島。

2 由台北回到綠島。

3 當時楊資崩和楊建都參加文壇社的寫作函授班。

4 楊建大同工專的畢業論文。

先從容忍做起

親愛的萌：

四日的信收到，你還是這樣心神不定，真叫我擔心。人生不怕窮、不怕勞苦，最怕的是心神不定。因為它可以毀滅自己，也可以毀滅最親的人。半年來你出外不能忍耐，回到家裡又不能容忍，不僅叫媽傷心，弟妹們坐立不安，爸也為此好幾個晚上不能安眠了。這種情形不僅會影響大家的學習與工作情緒，也會損害身體的。

你說負債多，景氣不好，媽媽不管家事，但你這一下子出走，一下子回家，工作不能安定，負債不是愈要加添了嗎？媽媽因傷心，不是愈不能關心家事了嗎？過去已經忍受了九年，為什麼不能再忍耐兩年？而且這兩年在你是可以比以前輕鬆的。

弟弟畢業了，從此可以自立，就是去受軍訓也不會再向你要錢了。妹妹九月到學校服務以後，也可以負起家庭的柴米油鹽之資了。煙我不吸了，從此不要寄錢，經濟問題是用不著你煩惱的。

負債現在不能還就讓它拖下去，等我回家後，只要出兩本舊作，不是就可以還得清清楚楚了？天天來要錢的人我相信不會很多，可以把藏書賣來清理一下，外面沒有工作的話，就把庭園整理整理，多種些菊花，過年時總會有一點收入吧！

你要容忍，你要忍耐，控制住你的感情衝動，趁著暑假，弟妹們都在家裡，大家可互相研究，互相勉勵，通力合作，把書房弄成舒適的地方，可以安靜看書，思索習作。

事實上經濟環境比我們更差的遍地都有，我們的過去也不比現在好，你這心神不定完全是你個人的情緒問題，與家庭經濟無關。

本來你在法學院是可以為你自己工作與學習，可以不再為家庭經濟勞心的了，你自己跑回家說要重整旗鼓，如今不到一個月，你又舊事重提，怨天尤人，鬧出走，人家會說你胡鬧的。不想忍耐下去的話，你就乾脆不要回來，免得鬧得滿城風雨，連親朋都為你不安。

你太衝動了，你必須控制感情，為你自己也為你親愛的家人與親朋。你做事要有始有終，貫徹到底，這樣才能快樂地度過這最後的兩年。

向來弟妹們對你的栽培愛護都是很感激的。我也很感激你九年來替我挑起了這份責任，但你近來的心神不定真叫我擔心，這樣下去的話，將是功虧一簣，前功盡棄的。

現在是你應該檢討你自己的時候了。你到士林又回來，又出走，這次放棄法學院那份不錯的工作，回家不到一個月卻又想出走了，這樣浮動、奔波，將會毀滅你自己，也會毀滅我們的家，這樣循環下去的話，將會找不到可以安居的地方。

我知道你這心神不定的原因是神經衰弱，而更明白你這樣的奔波無法得到生活與精神的安定，神經衰弱是會愈來愈嚴重的。無論如何改不了，你一定要從容忍做起，苦練忍耐的工夫，控制感情衝動——這是治療心神不定的祕方。先把心神安定下來，工作與學習便會有成就。你千萬不要再為金錢勞心了，負債可以拖，柴米油鹽弟妹負得起了，你能做好多算好多，不要焦急，自然就會好轉的。等到我回家，一切不理想的事情都可以徹底改善，我們便可以過著溫暖和氣與充滿歡樂的生活。

親愛的孩子，假如你向來就是一個放浪的孩子，我也不想管了，就是你九年來為家貢獻這麼多，我才不忍心眼巴巴看你向下坡路走去。

祝

精神快樂

四十七・七・十九

堅持意志與決心

親愛的絹：

放假中你們都團聚在家裡，很熱鬧的，本來是可以一塊兒學習，一塊兒工作，過得快快樂樂，但因為最近家裡沒有收入，大哥的精神又陷於不安定中，恐怕你們都度日如年，過得好淒涼吧！我很擔心。

忍耐一下吧，好孩子們，以你在〈將行〉那篇詩裡所寫的堅持意志與決心。

我回家之期愈來愈近了，過了一天就少一天，你們都可以相信，不久我將會給你們帶回歡樂去的。

現在我最擔心的是大哥的健康。表面看來他是很健壯的，可是我相信他是有病的，雖然你們看不出來，他自己也不自覺。本來我以為他是單純的神經衰弱，今天同幾位醫生研究過他的情形，結論是，他恐怕還有別的毛病。

這裡有幾位朋友，身體都像你大哥一樣很粗健的，近來臉色變壞了，容易疲乏，沒有耐性，白天惶惶不安，夜裡不能安眠——因此陷入了憂悒與悲觀的情緒中。

這次肺癆檢查發現有問題，醫生叫他們吃新出品的肺癆特效藥，很快就見效了，這雖是類推，不能確定，但我想你大哥很可能也染上了這種病[1]。我現在的情形也一樣，醫生叫我試一試，我想也可以叫大哥試一下。

藥名是 Amerazid 100mg 的百粒二四五元，台北羅斯福路一段四三號天華西藥房有賣。每餐前吃一粒，每天三次，一百粒（二四五元）就可以吃一個多月了，並不貴。天華有零賣的，可以先買幾百粒寄一半來，一半留給大哥吃。假如確實是這種病，吃過半月至一月，臉色就會變好，精神也會好起來的，要繼續吃半年。

我想家裡現在是沒有錢的，可是治病的錢是不能等待的，可以賣些現在不用之藏書來先買幾百粒。

同時你要告訴媽媽，大哥一切不好情緒都是因病引發的，請媽媽暫時不要讓他過勞，好好地讓他安靜，無論他有什麼忤逆不妥的行為都要忍受，不能再刺激他，應該用好言好語安慰他，專心關照他。

你們大哥對於家庭是很負責的。你們都要原諒他，好好地關照他，逼他快樂，督他吃藥，而每週把經過情形寫來告訴我。

祝

平安快樂

四十七・七・二十七

1 楊逵一向對情緒的變化有疑為疾病的敏感性，而他從二十多歲起就被肺結核所纏，所以對楊資崩的憂悒與悲觀的情緒，也疑為是肺癆所致。

不久就可以重聚

秀俄[1]：

很久很久都在想念著你們，今天突然收到來信，得悉你們都還好，又養了四個小孩[2]了，我很高興。過去的事情，我是可以諒解的[3]，可不要再難過了。保重身體，把小孩養得好好的，這是你們的責任。

好多年來一家人都吃盡了離散的苦，可是我回家之期快到了，不久我們就可以重聚，也可以給你們帶來歡樂的。弟妹們一樣很想念你們，你媽雖然嘴硬心也是軟的，你可以時常同他們通信，也常把你們的生活情形寫來告訴我。

祝

安好

四十七・九・六

1楊秀俄：楊逵的長女。
2楊秀俄於民國三十八年十二月二十一日和一位遠房親戚葉金得（俊岩）私奔離家。
3這樁婚事葉陶不同意，因而有點誤會與不諒解。

你高興聽故事嗎？

親愛的嬋娟[1]：

今天頭一次看到你的信，我很高興。你說弟弟今天也上學了，還有兩個小妹在家玩，你媽燒飯給你們吃，你的老師是很好的，我想你一定也是很乖的，是吧？每天認真念書外，還要同小弟弟小妹妹們玩樂，也幫媽做一點事情，是吧？好，你很乖。

公公的身體很好，在這裡的生活也不錯，閒時也寫過一些童話和童謠，你高興聽故事嗎？

祝

安好

四十七・九・六

1 楊秀俄的長女葉嬋娟。

觀察別人 瞭解自己

親愛的建：

你說九成以上的同學都是你們大同的老同學，日常生活同三年前預士訓同樣並不生疏[1]，很好。你說生活很忙，帶來的專門書都沒有時間看，是的，它是遺憾的，不過，技術雖然要緊，人在一生中必須要學習的事情多得很，特別在這樣的團體生活，可以學到的事情更多，你可以利用這一段時間學學吧！好好地觀察別人，瞭解自己，從而可以學到人生的道理，也是很難得有這樣機會的。

祝

安好

四十七・九・二十

1 楊建於民國四十四年高中畢業，參加大專聯考甲組落榜；四十五年三月徵召預備士官役四個月，退伍後於九月考進大同工專電機科，四十七年七月工專畢業，八月服預備軍官役於鳳山陸軍步校。

負起了艱巨的責任

親愛的絹：

二十一日的信收到了，你頭一次領到薪水的高興，我是可以同感的，但把家庭經濟的重擔全給你負在背上，把你全部時間都奪掉了，我很覺不安。不過時間也不久了，希望你委屈一下，等我回去，我相信你的願望會得到充分支持的。我們可以歡樂團聚，協同做我們所高興做的事業。

現在，你天天與頑皮的小孩相處，而負起了把他們引導到宏壯大道的責任是很艱巨的。

祝你

成功

四十七・十・五

歡欣而不溺

親愛的碧：

十九日的信收到，你的信寫得很好，近來進步得太快了，你說你對新學期的課程找出了興趣，特別於看書也發生了濃厚的興趣，只要有興趣，便可以過得快樂，進步也會更快的，我很高興。

要是你不這麼懶的寫信，而每月能有兩三封信來給我的話，我會覺得更高興的。

祝

進步

親愛的萌：

近來怎麼樣？我知道家裡有很多困難，但人生本來應是這樣的，有歡欣，也有憂患。健全的人生是歡欣而不溺，憂患而不消沉，可伸可屈是我們應該保持的態度。

我回家之期愈來愈近了，民族文化的發展工作需要我們是很迫切的，希望你趕快把身體上所有的毛病都治好，準備隨時能夠發揮充沛的活力。我曾看過你在這類工作表現了濃厚的興趣，還知道這類的工作也是你高興做的，現在你要好好療養身體，好好的學習，準備隨時可以把你的智慧發揮出來。

向大的看，向遠處看。生活刻苦一點是沒有關係的，那一點點負債也算不了什麼，不要為眼前的小事情迷惑了，絆住足不能向前。

親愛的孩子，天快要亮了，趕快提起精神來，看看你的腦袋是不是充實了，還不夠的馬上把它充實起來！

祝

安好

四十七・十・五

人生不怕問題多

親愛的建：

十月三日的信收到了，得悉你已經能夠適應這新環境，而覺得愉快與樂觀，我很安慰。人生不怕問題多，也不怕盡是發現自己的缺陷，問題愈多，解決問題的機會便愈多，發現自己的缺陷越快，把它改掉的機會也越快。這是邁向智慧之門的信號，因為人的知識與修養都是由發現問題、解決問題得來的。世界上更沒有生下來就完美的人，無論哪一個被公認偉大的人，都是一點一滴把自己的缺陷改掉才慢慢完成起來的。你不要性急，只要經常面對著問題，經常注意著自己的缺陷，而力求解答、力求改進就行了。

關於你面臨的諸問題，我很高興同你討論一下，一寫便寫了幾千字，這麼長的信是不能獲准寄出去的，只好等新生月刊發出後寄給你做參考。

你哥哥自六月中寄五十元來，至今四個多月了，在這中間只寄一張明信片寫「一切如舊」幾個字。不過，素絹近日來信說他近來工作多一點，精神也安定一些了，可能慢慢會有進步吧！

我自回到這裡，乾咳、喉嚨痛、淋巴腺腫起來，身體疲乏不太舒服，恐怕老毛病再發[1]，醫生朋友都很關懷，經常給我診察，打針，吃藥，慢慢會好的，不要掛念。只因為，這些藥都是向朋友借來的，Amerazid 已經借了四百粒了，Paso 借一大瓶，還有複方維他命等。他們的接濟也是有限的，這些藥不好意思借得太久，以致影響他們的治療，因此，我曾向家裡要

Amerazid，寫過幾封信了，卻一直沒有反應。

我知道家裡的經濟情形是很苦的，自然不會怪他們的，不過我曾叫他們整理一些不用的書拿到古書舖去換錢來買藥，他們也置之不理，實在叫我難以諒解[2]。也許是顧慮面目吧？我不知道把不用的書賣掉會傷害他們面子的。這樣拖下去，假如人都沒有了，留那些爛書有什麼用？

話雖這麼說，你哥哥現在已經夠苦惱的了，我又不敢加添他的煩惱。我曾鞭策自己疲乏的腦筋，想寫些故事向外投稿，這是我唯一可能弄到錢的辦法，我們指導員也答應可以替我辦理了，不過要向外投稿的手續煩難得很，有一位朋友說他曾在自由談發表的一文，是經過一年多時間才達到目的的。這樣實在是遠水不能濟救近火呀！所要的藥錢不多，你能夠請假的話，就去高雄找許叔叔、褚叔叔[3]借一點寄來好嗎？

祝

安好

四十七・十・十一

1 楊逵一生身體的老毛病為肺癆病。

2 楊逵不知家中之書早已被警總搜刮殆盡，已是家徒四壁，無書可賣。

3 許叔叔為許分先生、褚叔叔為褚火星先生，兩位均為楊逵的老友。楊建隻身在高雄工作時，受他們的照顧很多。

向女孩子惡作劇

親愛的絹：

五日的信收到，你在這短短時間就能夠抓住了大部分兒童的心，這是你這份工作成功的基礎，我很高興，恭喜你。

你的話是實在的，鄉下兒童雖然粗野，卻很純真，正如一張白紙，要讓你來發揮。

你說男孩子們，因為沒有正當遊戲來發洩其精力而常要向女孩子尋開心，玩牌吵架打架——打架吵架我雖然沒有過，向女孩子惡作戲與玩牌這一類我卻也是一個前科者。記得有一次我把坐在我前面的女孩的辮髮綁在椅背，老師來了，我喊起立敬禮，這女孩子頓了一下，卻站不起來。我趕快把它解開，說她的辮子是夾在椅桌間的，出了一身冷汗。她明明知道是我搞的鬼，卻只瞋了我一眼，並不罵我，我越不好意思，再不來第二次的惡作戲。

你問我小時玩過的把戲，我記起了，有些還不錯的，可以向你推售。

(1)運動方面：遷盾台、跳繩子、跳圈子、拔河（地上畫一條線，分兩組站立線，兩邊用手抓人，被抓過線的算俘虜）。

(2)園藝方面：種樹、種花、種蔬菜。

(3)工藝方面：竹蜻蜓、吹肥皂汽球、水槍、啦叭、林投。

在工藝方面，進一步可以教他們製作各種玩真、器具、房屋、汽車等模型，而材料可以自地取材，茅桿、竹、泥土、樹葉、林投等都可以用。

你可以把兒童分為三組（個人參加二組三組都可以），各組選一個召集人，時常開會互相檢討與批評。這樣不僅可以利用課與課中很短的休息時間，也可以利用中午等比較長之休息時間。工作成果可以時常展覽，運動可以時常比賽，以提高他們的興趣，興趣一培養起來的話，他們自己自會創造出許多新的合理的玩意兒來的，不好的把戲自然便會打消。

老早我就想到，兒童雜誌應該有這一類的文章，你可以把你的經驗寫出來，投兒童雜誌，使這種把戲普遍於每一個學校，這對於新時代的教育是很有貢獻的。祝成功。我喉嚨痛、淋巴腺腫很久了，很有結核再發的嫌疑。一直借來 Amerazid 與 Paso 在吃，也打針，現在好一點了。不過，借藥的朋友接濟也是很有限的，不好意思拖得太久以致影響朋友自己的療治。你與媽媽商量一下想辦法把藥寄來，寄錢來也可以，藥這裡可以買得到。

四十七・十・十八

種了七棵榕樹

親愛的萌：

今天是我們單位的慶生會，我是本月份壽星之一[1]，我們壽星都加了一個紅蛋，喝的雖然是二塊一的米酒，味道卻特別好，過得很快樂。

你寄來的藥剛在前天收到，這也是叫我快樂的一個因素。因為四個月來吃的藥都是向朋友借的，朋友們也很慷慨借給我，不過，我知道他們的接濟也是很有限，不好意思借得太多，拖得太久，以致影響他們自己的療病，心裡免不了有一點沉悶。

現在借的藥都還清了，還有足夠吃的，我有把握把病治好的，心裡很輕鬆，自然這一餐就吃得津津有味了。

在台北的時候，我看你的臉色青青的，又時常表露著疲乏的神情，我覺得你神經衰弱的可能原因之一，也許是結核的初期感染（這裡很多這樣的人，吃過這藥之後都好得多了），要是現在還是覺得不舒服的話，可以試試看。

十八日那一天，我回憶了去年當天我們的游泳比賽，心裡很愉快。那一天雖然下著雨，水有一點涼，但我還是同年輕的朋友下水游了。游了三百公尺，比去年我們游六十公尺不是進步得很多嗎？

希望你也盡量找機會鍛鍊身體，健康的精神是寓於健康的身體的，把身體弄壞了，便什麼都沒有辦法。

生日那一天，我還做了一件很有意義的事，在曬衣場種了七棵榕樹。我想假如十年後，我們有機會再到這裡來玩，或者五十年後，你們帶你們的兒子孫子到這裡來玩的時候，我們一定可以看到許多人在這樹蔭下乘涼玩樂的時候，心裡都是無上愉快的。

阿建一直很掛念著我的健康，你馬上告訴他說藥已經收到了，我有把握把身體治好，等我回家，我們還可以來賽跑，也可以來游泳比賽的，叫他放心。

祝

安好

四十七・十・二十五

1 楊逵生於一九〇六年十月十八日。

別做古井蛙

親愛的建：

大哥寄來的 Amerazid 已收到，借的還清，還剩有足夠吃幾個月的藥，我有把握把病治好，把身體鍛鍊得很健壯的，放心好了。

你說，你正在深入研究語意學，這是很好的，因為對語意學的深入瞭解，可以幫助我們接近正確認識，有正確的認識，才能夠有正確的表現，所以無論對於科學藝術的研究，以至於做人做事都是很要緊的。

你在研究當中如發現什麼問題——不能瞭解的或者另有你個人的意見的——都可以寫來討論討論。這樣對我正在計畫寫的「認識論」一文將可以充實材料，在你的學習上一定也會有不少的幫助。

今天讓我來提一個課題給你研究一下：書中十一頁那一段「一個最確實的語言……是一個三角完整的語言……」與十四頁科氏對亞氏形式邏輯的批評，你把這兩段文章試作一篇論文寄來好嗎？如用論文形式覺得不容易表現的話，可以找出問題來，用問答的方式寫出來也可以。

這樣我們來繼續討論下去的話，不僅可以深入瞭解這本書，還可以發現很多新問題而建立進一步的體系的。

來信你說，自你觀察他人，用心瞭解自己之後，發現自己的缺陷，與樣樣不如人、不如理想，恐怕會影響自尊心，這是不必多慮的。所有被公認的偉大科學家與藝術家，都是像我們一樣充滿缺陷的，在他們的一生中也未曾有一開始就達到其理想的。就是這樣，他們才能夠不屈不撓的努力而有不斷的進步，對學問有貢獻。宇宙是無窮大的，學問是無窮盡的，我們不要怕問題之多，可怕的是不知己、不知彼，而又沒有問題的古井青蛙，這樣自滿自大、自鳴得意的自尊心才是可笑又可憐的，你以為是嗎？

祝

身心健康、繼續前進

四十七・十一・一

樂觀是人生最要緊的

親愛的萌：

來信都收到，前個月寄來的錢以及森哥[1]寄來的 Nipas 也都收到了。Amerazid 與 Paso 至今吃了將近五個月，喉嚨已經不疼了，只淋巴腺還沒有消腫，但是醫生說經過很好，體重也增加了一公斤，放心好了。

你得到媽的同意到高雄就職，我很贊成。我所擔心的是你精神上的苦悶將會影響你的健康，健康欠佳了，又要加上精神上的不安定，這種情形，你到高雄就職後當可以避免，你也應該想辦法避免。森哥比你樂觀得多，你們一塊工作，一塊學習，為消除你的憂悒情緒，一定有益，我相信你會漸漸樂觀起來，很感安慰。

樂觀在人生是最要緊的，只要能夠樂觀，物質上、工作上多吃一點苦，也可以從安慰中得到了補償。

任何地方，任何職業，都不能夠盡滿人意的，你在這新環境裡也許會再碰到不愉快的事情，但你一定要容忍，可不要再浮動奔波了。這是為你求精神安定的唯一途徑。

絹寄來幾篇小品文，觀察周到，態度嚴肅中又有點輕鬆氣氛，寫得很不錯。建來信說他正在用功研究「語意學」，訓練認識力與表現力，這是很好的，你也可以找時間研究研究。我也在看第二次，有問題可以寫來討論討論。

祝

安好

四十七・十二・六

1森哥為楊逵老友褚火星之子褚鴻森先生，此時在高雄大榮鐵工廠任職。

滿屋花香的快樂世界

親愛的絹：

來信與〈班會〉等幾篇小品文都看過了。寫得不錯，尤其你對兒童們的態度很好，叫爸覺得很驕傲。我的小先生竟然成了一個好老師了。你這樣誠懇的態度與周到的觀察，不僅能夠得到兒童的信任與美好的教育效果，也可以為你所喜歡的寫作奠定很好的基礎。五年級的兒童們，你還可以找機會幫助幫助，對於二年級的兒童們，你更要重新建立如此的友情。

你這樣的文章應繼續寫下去，材料可以從教室擴大到全校園，再擴大到兒童們的家而整個鄉村去找。這類小品文，後來可以潤飾一下編成一本書，很有價值的書。爸一定會幫你做到的。

大哥去高雄之後，已有來信，這一次他同森哥一塊工作，一塊學習，我想他的精神一定會安定下來，憂悒的情緒也慢慢能夠消除的，很感安慰。

你說家裡的各種花朵正在盛開，你可以做些押花（夾在書本中壓乾），利用寫信的時候，夾在信紙裡寄來給我，也寄給大姊、大哥、二哥，讓我們漂泊在外的也能分享一下各種花香，這花香會把我們帶回十年前那一家團圓滿屋花香的快樂世界的，你說妙不妙？

祝

安好

四十七・十二・二十八

即使身陷囹圄，楊逵也想著要讓四散的家人聞聞花香。此圖攝於一九八〇年代東海花園，圖左為賴守仁的作品送報伕像。

同情與愛

親愛的萌：

十二月二十日寄來的信與一百元都收到。你叫我常寫信給秀俄，我一定照辦。你這一提醒很好。她確有點自卑感，心裡在納悶，我們都要安慰她，使她恢復正當心理。阿建是不是去花蓮看過她了？看過了的話，她一定會明白我們對她的同情與愛，也就可以恢復信心了[1]。

幾天前在夜裡和朋友聊天中得到了靈感，考案一種不需燃料的原動機器，在這裡要做實驗，時間、工具、材料都很不方便，同封寄去一張略圖，你可以同弟弟研究一下[2]。褚叔叔和森哥一定也會有好意見。這比英人發明的蒸汽機更重要，因為它的「能」的來源是地球引力，是永遠不會缺乏的。

初步的實施可以先製造小馬力的，來代替柴油汽油發動機。進一步可以計畫大馬力的，供發電之用。因為它不需燃料，也不需水源，無論在山邊海角、沙漠都可以簡便裝置，用途是無窮盡的。

不過你要注意一點，因為它的效能太大，製作和原理都很簡單，容易給大資本的人搶走，一定要設法取得專利（特許）權。無論本國與外國。

弟弟是學工程的，有數學和力學的基礎智識，對此考案一定能有較明確的概念，你馬上找他研究一下，以便製造一個模型實驗。

四十八・一・十七

1因楊秀俄不被認可的婚姻，曾與家裡失去一段很長時間的音訊聯絡，經兄弟們四方探查，終查出了她在花蓮的地址。

2這是一個利用地心引力與槓桿原理合成的、免能源的原動機設計圖。楊建雖實驗過好幾次，但礙於財源，尚有很多阻力需加以克服，是一件值得研究的動力機。

未來是光明的

親愛的秀俄：

阿建來信說：他利用新年四天的假去花蓮看你，說你們的生活雖然苦，但你很堅強奮鬥，身體也不錯，特別你對孩子們的養育很用心，小孩們都活潑懂事，我很寬慰。

做人不必怕苦、怕難，只要不灰心，意志堅定，終竟我們是可以開拓一條光明大道的。

你當記得，在你幼小的時候，我們還不是過了很艱難的生活？但到你十歲前後，我們便建立起一個很美滿很快樂的家庭了。雖然十年來，我們又嘗了離散之苦，過著不如意的日子，但我回家之期已經不遠了，等我回家，我們便可以團聚，再建一個比以往更好的家，過得更快樂的。

弟妹們都很同情你的處境，我也時常思念著你們，過去的事情讓它過去，不必再為它難過了，好好保養身體、教育小孩，未來是光明的。

祝你們

新年快樂

四十八・二・一

夢見快樂的日子

親愛的碧：

一個多月來，因為有些問題同你們大哥研究，好久沒有機會寫信給你們了。時間過得真快，陽曆年過了，陰曆年也過去了。你們都過得好嗎？我們這裡有弄龍弄獅的，也有演戲的，熱熱鬧鬧過得並不寂寞。特別是你寄來的菊花和玫瑰花，送來一陣陣的花香，叫我夢見了過去我們在一塊時的快樂日子。

你升學考試很快就要到了，你近來很用功，也知道讀書的滋味了，一定是很有把握的吧！

親愛的絹：

十二月中寄來那幾篇小品文，把我帶回到天真的兒童世界，我很高興。事實上，這些文章也寫得很好。你是不是繼續在寫？有寫好的就再寄來給我欣賞欣賞吧！

你的新學生到底怎麼樣？以你的作風，我相信他（她）們會喜愛你的，不是嗎？

一月九日二哥來信說：他們將在二月初結訓，可能被分發到台北兵工學校或者台中裝甲學校服務，是不是已經報到了？

親愛的建：

一月九日的信已經收到，關於語意學的論文，你寫得不錯。經過這樣寫一篇文章之後，我相信你的思想一定被整理得更有條理了，以後，每讀到一個段落，就這樣寫一篇寄來吧！

這本書後段所討論的情感語言和理智語言，各種層次的抽象語言和具體語言的分別用法與綜合運用是很重要的。僅理解是不夠的，應該在日常生活中找出實例來演習演習，使其熟練才能發揮功效。

大哥來信說：你也在向英日文進攻，這是很好的，日文版田邊著《哲學入門——科學哲學的認識》最近我借來看了一下，是不錯的，你也可以買一本看看。不過也不必太緊張。

無論學習、工作，只要有恒心，就有進步，不必太性急。年輕人的智識都是很旺盛的，往往因為太過分用功來弄壞了身體，這是不好的。

你記得兔子和烏龜賽跑的故事嗎？過分用功來弄壞了身體而不得不中斷，就不如保持健康慢慢的學，不斷的工作來得好。

過去一段時間，我因醉心於學習與工作，結果把身體弄壞了，得到一個烏龜精神的寶貴教訓，特別提出來給你做參考。

祝

安好

四十八・二・十四

豬八戒做和尚

親愛的崩：

那個機械的實驗，有沒有進展？這似很簡單，但實際做起來，還會碰到許多困難，所有的發明都不是那麼簡單可以完成的，不要灰心。

幸虧你現在的精神好一點了，生活也比較安定一下，儘可利用多餘的時間，耐心繼續研究。這雖然是一件小小的研究，但這研究關連到哲學上的認識問題，對於學問修養上，也是很有益處的。

我最近借來一本田邊著《哲學入門——科學哲學的認識》，看過覺得很不錯，它是從「力學」發展過程來說明科學哲學的，是一本很好的哲學書。台北有賣，你也可以買一本來看看。

一個月來，我的感冒雖然好了，頭一直暈暈的，全身疲懶，提不起精神來。神經不能安靜，夜裡不能安眠，吃過了許多藥，也打過了許多針，總沒有效。醫生朋友說，可能新陳代謝機能怠工了，以致毒素未能順利排除。他前天替我借來一瓶METRAXISI（美樂神）和胖維他來一塊吃，也打過幾支葡萄糖（據說有解毒作用）之後神經安靜多了，也可以睡得好一點了，我想再幾天就可以恢復正常，不要煩惱。

十一月中，我們的晚會演出〈牛犁分家〉（我回到這裡後，把那篇小故事充實改編的）[1]，是一種話劇裡配合歌舞的新形式，得到了相當的好評。四月又要輪到我們主辦晚會，很多朋友都在督促我再來一篇，卻因身體不舒服耽誤了許多時間，心裡急得很。天天有人來問寫好了沒有，寫不寫，不然……，叫我急得焦頭爛額。

不過兩天來可以安眠，精神也好一點了。一生中我未曾誤了人家約稿的約期，我想這一次也不致給人家失望。

這次寫的是〈豬八戒做和尚〉，相當有趣，和〈牛犁分家〉一塊，將來你們都有機會看得到。但應小心，不要笑掉牙齒來。

如經濟鬆一點的話，買「美樂神」和「胖維他」白瓦各一瓶來以便還給人家，又請媽媽買一服從前吃過的藥粉（後附處方）儘速寄來。

祝

進步

四十八・二・二十一

1〈牛犁分家〉，原文為童話式的作品，原名為〈大牛與鐵犁〉，於民國四十七年間楊逵住在台北那段時間，曾投稿《東方少年》而被刊登，後改寫成話劇式的〈牛犁分家〉。高雄大榮高工曾在高雄與台中多次演出野台戲。

好身體是唯一的資本

親愛的俄：

來信收到，你說：你胖起來了，我很高興。好身體是我們唯一的資本，你繼續保持健康，好好教養兒女吧！

我的身體也是不錯的，前年和幾年前，我們這裡每次開運動會時，都參加過五千公尺賽跑，也參加過游泳比賽的，前年資崩來時，也曾和他賽過游泳。今年五月又要開運動會了，我想還可以參加的。

你能吃苦耐勞很好，工作忙一點沒有關係，生活苦一點也是一項磨練。不過，你每天如能找出一兩個小時閒空，還要看一點書才好，寫信叫素絹寄幾本給你吧。

新曆年過去了，舊曆年也過去了，明天是元宵，我們這裡過得很好，特別在過年過節時，都是熱熱鬧鬧的。

祝

安好

四十八・二・二十一

不怕吃苦的新媳婦

親愛的崩：

三月三十一日的信收到，是的，我很高興向你們道喜！你們討論之後得到共同的看法，這是你們加深瞭解，合作建立共同事業的基礎，經過這樣心理準備而相許了終身是很正確的，我衷心向你們道喜[1]。

你過去碰到太多的困難事，這些困難常常使你灰心、憂悒，這次得到知心的好內助之後，我相信你會樂觀起來的。素梅小姐也曾吃過了不少的苦頭[2]，我相信不怕吃苦的。以後可以互相勉勵、互相安慰，同心學習，協辦工作，不僅可以掃除從前的悲觀氣氛，為建立共同的目標，也是一對很好的伴侶。

素梅小姐：

我們過去雖然沒有機會談論，面是常見過的了，我對你們都有一個很好的印象，覺得你們都同我的兒女一樣可愛。事實上，多數年輕的朋友們待我也如同我兒女們待我一樣親切，這一次你們有機會認識，相許了終身，好像親上加親，我很高興為你們的幸福前途祝福。

資崩：

你們既然相許了終身，好事應該趕快完成，讓我與你母親很快抱抱孫子歡樂。沒有什麼要再等待的了，只要兩顆心合起來就是最完美的了。也許你們都在擔心經濟問題，這是不必多慮的，一切可以從簡，素梅小姐也不要為準備這個、那個操心，裝門面的浪費都可以不要。以簡速的儀式，請親戚朋友吃喜酒就行了。

來得及的話，就提早五月二十日到這裡來新婚旅行[3]，養朝氣。這一天我們的運動大會將要開始，我又準備參加五千公尺賽跑，是一個青春讚美的很好節目。

很多朋友也想吃你們的喜酒哩！

祝

明天快樂，前途宏洋

四十八・四・十二

1 楊資崩由朋友許肇峯的介紹，認識了蕭素梅小姐。
2 蕭素梅也曾是楊逵在綠島時的同學。
3 楊逵希望楊資崩與蕭素梅的結婚旅行能趕上綠島五月二十日的運動大會，但因為蕭家祖母要楊資崩入贅一事，再度與其母葉陶鬧僵而延期。

為開拓新生活邁進

親愛的崩：

三月三十一日和四月六日的信都收到，上週我已向你們道過喜了，今天第二次向你們道喜。我很高興得到這好消息，也很感激朋友為你們鋪的橋多美妙。年齡差兩歲當然沒有關係[1]。

你們經過談論之後，得到了共同的理想和共同的看法，又都是吃得苦、耐得勞的孩子，事事可以互相瞭解與原諒，一定可以合作無間，成為一對很美滿的伴侶。

你說：媽媽已表示贊成，這是我早就料想得到的，為了你們這一賢明的選擇，我相信她會笑咪咪地感到快樂。我的心情也正是這樣。

有前信我曾告訴過你的，好事應該趕快完成，沒有什麼要再等待的了。有些人為了結婚的鋪張，負了滿身債，也有些人為了錢把好事一拖再拖，這都是愚不可及的事情。我希望你們簡速完成這喜事，提早開始快樂的共同生活，一切費錢、費事、費神的鋪張都可以免掉。為了這類無益的壞習慣來勞神破費都是不合理的，不僅對幸福家庭的建立沒有益處，反而會造成許多困難。

理想的一致，諒解與合作——這樣把兩顆心結合為一的愛情，才是最美的，一定會給你們帶來終身的幸福。

做一個很簡單的婚禮，請親戚朋友吃吃喜酒，新夫妻合作種兩棵紀念樹……這樣美滿的伴侶就可以為開拓新生活邁進了。

祝
早日實現你們的美夢

四十八・四・十八

1 蕭素梅比楊資崩年長兩歲。

何必哎哎怨怨呢？

親愛的崩：

今天收到你兩封信和照片一張，這一對前途宏洋的倩影，叫我很高興。你們既是一對心投意合的情侶，一些為難的細節問題是可能、也可以想辦法協力解決的。何必哎哎怨怨呢？

人生的道路很複雜的，不可能有平坦無阻的道路。有時候需要勇氣去衝破難關，有時候必須冷靜，轉轉彎，不能走直線。

舊禮數、裝門面、迷信等，當然是要改革的，但你也要知道，風俗習慣的力量是根深蒂固的，不能一朝一夕把它消除的，得不償失的時候，就要慢一點來，轉個彎還就一下。

過去你媽迫你結不願意的婚，是一件關係你們一生的重大錯誤，所以我曾做你的後盾，叫她放棄了這不合理的念頭。這次，要是她不同意你們自己的選擇，我也會幫助你達成你們的願望的。幸虧她已同意了，這是她的進步，你不可忽視她的苦心。

至於母子間關於細節問題的歧見，這是家家都有的，你應該讓她一下。十年來她在困苦愁悶中生活，周圍又都是那些古老的想法，迷信一點、固執一點是難免的。你們應該同情她，讓她得到一點安慰也是好的。

說要做新棉被、新蚊帳，花錢不多，雖然可省，做了也不能說是浪費。她完全是為你們的舒服生活著想的，何必與她爭執？

至於佈置房間，你可以向她解釋……為了職業的關係，結婚後還是要暫時到高雄居住，請她盡量簡單……這樣冷靜的同她說話，我相信她會同意的。去羅東招婿的問題，並不像你所想那麼簡單[1]。你要安慰老祖母[2]，也應該讓你媽得到一點安慰，才是公平的。你可以請素梅盡力說服她祖母，不能解決的話，還可以請月珠姨去說服她。

(1)你自到高雄工作，生活比較安定，半年來情緒好轉了很多，這是你們建立共同生活的理想所在。如去羅東，適宜的工作找不到，生活發生了問題，一定會影響到你們甜蜜的理想，對於你們的企望是一個可怕的礁石。

(2)招婿不是正常的婚姻，一定會引起許多閒人閒語，這是你媽受不了的刺激。你如強行，你們母子間的感情可能瀕於破裂。你的願望是家庭的和氣、安靜與溫暖，結果恰恰相反，在這種情形之下，你還可以保持愉快的心情和快樂的生活嗎？

(3)你說：素梅的祖母已經八十一歲了，等她去世之後就可以自由，這樣期望其去世來獲自由的觀念是不正常的，一定會引發許多矛盾心理和不愉快的後果。

(4)素梅家裡雖然只有祖母一人，但她一定有親戚、朋友、鄰居，而這些背景可能都是守舊迷信的，你入其門一定會發生各種生活上的歧見，也許比你媽更厲害。這是你所吃不消的。

(5)為保持你們的新生活、追求你們的共同理想，你們應該與舊的世界保持一段距離，不要去羅東，也不要回台中[3]，等我回去把環境改過來為止。

(6)當然素梅祖母的扶養是義不容辭的，要是她希望有個孩子來繼承蕭姓，你也可以答應，但最好是請她到高雄同住，才可以避免一切舊生活環境的牽累。

(7)你可以說高雄有適宜的工作，叫素梅到高雄同居，她祖母也可以一同帶來，這樣就可以慢慢等你媽認為適宜的日子才回台中住幾天，正式舉行婚禮，請請客，即回高雄工作。這不是三全其美皆大歡喜嗎？你們的喜事應該讓大家同享其樂，製造愉快的氣氛和盡量避免摩擦，這對家庭的將來也是有好處的。

如還有不能解決的問題，可以帶素梅來一趟，我們一定可以想出一條美滿暢行的道路來。

祝

冷靜實現你們的美夢

四十八・五・二

1 楊資崩認為入贅與娶媳婦並沒有兩樣。
2 蕭素梅與祖母多年來一直相依為命。
3 不去羅東，免得葉陶不高興與傷心；而不回台中，免得蕭老祖母的不安。

挺起胸來吧！

親愛的崩：

現在你必須要冷靜一點。你自己找到的對象，媽已贊成了，素梅的祖母也要你們快一點完婚，我更是高興你們明智的選擇，希望你們早日建立新家庭的，還有什麼迷惑所在？你說的那些細節，我想都是很容易解決的，挺起胸來吧！不要灰心。

上週我已經告訴過你了，不好的風俗習慣固然要改，但這些觀念都是根深蒂固的，不可能一朝一夕把它改掉，你可以盡量遷就一下。要是我在你們身邊，幫你們處理這些事情還容易。不過，只要你們冷靜一點，明智一點，抱著「固執原則，細節可以讓」的態度來處理，我想不會太難的。不能走直線的時候，你們應該想辦法轉彎。

你不是說老祖母經你說服，已經答應「招婿」不必了？不要聘金，不要餅？那麼你媽媽佈置房間，只要請她簡單一點，花費也並不多，讓她好了。至於時間，你也不必與她爭執。素梅既然同意了，你們隨時可以在高雄同居，把老祖母請到高雄扶養，待你媽高興的時候才回台中去住幾天，正式舉行婚禮，請請客，應付一下不就好了嗎？

這樣讓她高興一下，得到一點安慰也是好的。花一點錢能夠買到和氣與溫暖的話，也是值得的。

十年來，她過著枯燥的生活，兒子的結婚不僅是你們的大事，也是她念念不忘的大事。只要她不來阻礙你們的新生活，讓她痛快一下也是好的。你們必須同情她。

但為了建立你們的新生活，你們一定要與她保持一段距離（最好在高雄暫居），才不致天天鬧意見，這是很要緊的。我衷心在等待你們的好消息。

祝

快樂

四十八・五・九

永遠不致成為老頑固

親愛的絹：

好久沒有來信，很念。昨天我從你給你大哥的信裡看出你苦悶的影兒，卻弄不明白其原因，心裡很著急。因大哥碰上了困難，你不願加添他的負擔是對的，但總應該把你的心事告訴我呀！爸將永遠不致成為老頑固的，相信能夠了解你們年輕人的心，你卻對爸爸沒有信心了！爸是經歷千辛萬苦還自若的，無論什麼事都不必怕我煩惱，不會的。弄不明白原因而瞎猜才是糟哩！你快把詳情告訴我吧，以爸的經驗能夠幫助你解決問題也說不定。千萬不要一個人悶在心裡，這是不衛生的。下面給你媽的信，你好好觀察她看過後反應如何，詳細同你自己的問題一塊寫來好嗎？

四十八・五・十六

把台灣山脈當銀河

親愛的陶：

十四日資崩憂頭苦臉來見我，今天歡歡樂樂回去了。這次爭執，我已經瞭解了。資崩也明白了他自己的判斷錯誤，以後當會更冷靜、更明智來處理這件事，你放心好了。

去羅東入贅是不行的，我贊成你的意見。兩天來，我想了幾種辦法叫資崩帶回去試試看，如不能說服女孩子的祖母，資崩將會學你我的結婚經驗去爭取[1]。你應以快樂的心情等待著，冷靜慈愛，溫和的態度鼓勵他們。關於自由結婚，你我都是老將軍。你可以回憶回憶，把那一段甜蜜的故事說給孩子們做參考，這可以啟發他們的智慧，是很有益處的。

素梅這個孩子，一般風評都很好，對於她，我也有很好的印象。她與資崩的確是一對很難得的配偶。你一定要幫助他們完成他們熱烈的願望。結婚的形式等，如一時談不攏，就暫時按下，等我回去後（不久了，只有一年餘）一定可以解決。現在就讓他們像你我當年一樣發展，結合成一整體，使他們安心，讓我們也得到安慰吧！

資崩也高興答應了，如沒有其他辦法，在我回去前的一年餘中間，他可以做牛郎望著織女，把台灣山脈當銀河，一年餘的時間不太長，台灣山脈也不像銀河那麼寬，交通更是方便了，絕不致牛郎織女一年才能會一次面。你可以在台中家裡佈置一間樸素舒適的會合處，讓他們高興時隨時可以從南北趕來會合，正像我們年輕時一樣。這將比我們的故事更甜蜜，更有趣，你也高興了吧？

其次我想跟你談談收留天生兄那個太保兒子在家裡的問題[2]。這件事是很嚕囌的，你應該好好再考慮一下。

因為經濟問題，可以叫資崩、阿建節儉一點，多寄一點錢回家，他們總會願意的。孩子們都很怕這個太保的胡亂行為將帶給我們禍害。

在台北時，阿建、資崩已經為這個太保傷腦筋，這是我親眼看過的，也相信你沒有辦法把他帶好，以致誤人誤事。如果再壞下去或者闖出事情來，這責任你是擔負不起的。而且他的行為很可能會給我們帶來許多不可收拾的麻煩。偷、騙、撒謊、破壞，他什麼都會。

秀俄的事情是你「引鬼入宅」才發生的[3]，問題發生以後，你又不會處理。給她那麼重的打擊，吃盡了苦難，這樣的錯誤是不能重演的。

這個太保，無論對內對外，都很可能帶來災害。

你過去因冒失犯了幾次大錯，幾乎把我們的家帶到破滅的路上，如果再來一次，你的過失是不能原諒的。你應該警惕一下，找機會把他快快送還他母親。以後類似這樣的事情，希望你不要再冒失，不要輕率答應。凡事應預先同兒女們商量一下才好。為保持一家的安靜，這是很要緊的，你以為如何？

希望寫信來。

祝

安好

四十八・五・十八

1不理會父母的反對，意指不回羅東，亦不回台中。

2李天生先生的棘手公子。楊建在大同工專時曾擔任他的家教，因為逼他緊，不給時間帶他去看電影，故暗藏利刃於床蓆下要對付楊建，幸其姊發現得早。李公子初中一年級念了五個學校，最後在元培中學被開除，李天生先生就將他帶到台中，交由葉陶管教。因為他是危險人物，所以楊逵非常擔心且反對他住在台中。在楊建擔任家教時，正巧楊逵被提回台北，因此，一切經過情形他都清楚。

3葉俊岩是葉陶家的遠房親戚，留學日本修習化工。當楊逵被捕入獄，正潦倒時，他從台南來訪，葉陶留他在家，教導家人製造肥皂、肥皂粉，以及面霜、醬油等以維持家計，此時三姊弟都休學在家，以人力磨豆機自製豆腐出售。

暫時做牛郎織女

梅：

崩說你負了傷，才未能和他一塊來，叫我吃了一驚。現在完全好了沒有？請保重。

今天，我以待我兒女們的感情寫信給你，諒你不會不高興吧？十年來，很多初見面的朋友和我相處得像一家人，這一次得悉你們相許了終身，更有親上加親的感覺，我很高興。

我知道，你們都有遠大的理想與共同的志趣的，這與戀愛至上不同，希望冷靜協力來完成你們的共同願望。

由你給資崩的信，我看出你們都為了細節問題在苦悶，不安食、不安眠，這是不必的。雙方的老人家都已經同意了你們的決定，有些細節問題的意見不同，是慢慢可以想辦法來解決的，不要灰心。

固然你祖母與資崩媽都有些古老觀念，是不合時代的，但風俗習慣是根深蒂固的，一下子很難把它改變過來。如果太衝動對待他們又會愈鬧愈僵，你們應該冷靜明智耐心來處理這些問題。

如現在不能談攏，就暫時做牛郎織女也好。幸虧台灣山脈並不像銀河那麼寬，交通方便了，你們想相會時隨時都可以相會。等我回去之後，我一定有辦法幫你們完成你們共同的願望的。

祝

精神愉快

四十八・五・二十四

這眼淚是甜的

崩：

你由台東、花蓮、羅東寄來的信都收到了。無論什麼難關，都要保持冷靜、耐心，就會生出明智來，不能通過的關隘是很少的。你已經做到了，曙光將會來臨，我很欣慰。理想的人生並不是平坦的馬路，你們為達成理想事業，將來一定也要這樣，一關闖過又一關，不要怕。事過境遷，回憶起來，不是比看過一齣好戲更要好。

為完成每一件事，都不能守株待兔，一定要努力說服與爭取，卻不能太性急。應讓時間來解決的時候，就必須耐心等待一下。既然素梅也同意了你的看法與辦法，兩個人同心協力，還有什麼難題不能解決的？

梅的祖母和你媽那些古老觀念，固然是不合時代的，必須要改的，卻也不是一朝一夕可以改過來的。他們的固執與迷信與環境很有關係，是你們應該同情原諒的。只要你們保持冷靜和耐心，你們的愛與決心一定會贏得最後的勝利。事實上，她們也都是愛惜你們，期望你們得到終身幸福的。不要激動他們的感情，不專找缺點，多發現優點，母子就可以相安無事。特別要喚起他們年輕時代的回憶，使他們回憶起祖母的面影，隔膜自然可以打破。

你的祖母實在太好了，無論碰到什麼艱難困苦，我總是想她在期望著我，而叫我精神百倍。我是沒有眼淚的，只在回憶她時，才不能控制自己。這眼淚是甜的。但像她這樣的好母親是罕見的[1]。你媽脾氣不好，比她差得遠了，但熱愛兒女的心都是一樣的。找機會問她祖母的事情，問她結婚當時的事情，讓她回憶回憶吧！我想她會流淚感動的。

這是教育你媽的唯一辦法，同她爭論是沒有用的，這也反對，那也反對，是會鬧發她的脾氣而愈鬧愈僵。

我熱切等著你們的好消息，但也有耐心等到那一天——我回去幫你們把銀河終身相聚的那一天——只有一年多，很快就會到的。

祝

冷靜、耐心、明智，來完成你們共同的願望。

四十八・六・五

---

1 楊逵的母親蘇足是位溫柔賢慧的母親。

帶點漫畫氣氛的家

親愛的萌梅：

你們的信都收到了。今天正好是六月十四日，我猜想你們正在忙著佈置房間，備辦鍋灶，萌在起火，梅在淘米，肉在砧板上才發覺沒有菜刀，跑到鄰家去借來時，飯已焦了，菜燒好了又找不到鹽……少了這個缺那個，忙得滿身汗。

一個新創的家，總是有一點漫畫氣氛的，將是快樂的回憶。

二十二年前我同你們媽媽在彰化開始共同生活時，就是這樣可笑。萌在內惟出世的時候，家裡只有七個銅錢，請產婆的車資都不夠，其後又患了一次大病；但現在已經磨練成這麼粗健的體魄了。一切可以樂觀，沒有什麼悲觀的。

這幾天高雄的天氣可能很熱，而你們的心更熱，這是很寶貴的，我毫無保留讚美你們。找找時間可以上山或到海邊去玩玩，這是健康的娛樂，如吃飯、工作、學習一樣重要。這一次梅雖因玩，吃了一次疼，也不必因噎廢食，只要小心一點就行了。熱度太高的時候，應保持冷靜，跑車太快時，應檢查剎車機是否靈敏，這樣就可以保險不會再把木屑樹葉子裝進肚子裡去。

梅的祖母不來，確是不能放心的，但你們可以找機會把她騙來高雄玩（老年人多是講不通的，要像對待小孩用騙的），盡量給她舒適新環境而安住下去。

結婚的形式問題，時間一定會幫你們解決，不要為它操心。追求理想與建立新生活，困難是免不了的，但當你們克服了一關又一關的時候，信心就會加強，吃過的苦頭便變成甜蜜快樂的回憶，好比看過一齣波瀾萬丈的好戲，或者讀過一篇津津有味的小說一樣快樂的，不要害怕。

阿建被派到高雄工作，可以同你們一塊玩、一塊學習，很好。我的生活與身體都很好，現以三十年前作的一首詩，贈你們做紀念。

揚航出大海，風浪日常事，順風雖爽快，逆風何所懼。

祝

精神快樂！

四十八・六・十四

大小事都別悶心頭

建：

九日來信收到了，你的工作與生活情形都不錯，我很欣慰。派在高雄可以同哥哥常常見面，一塊兒玩，一塊兒學習是很好的。

你嫂嫂來信說，她十四日要到高雄，是不是已經到了？順利到高雄來的話，問題便等於解決了，那些形式上的細節問題，可以慢慢想辦法的，假如有什麼阻礙未能出發，你也可以勸慰哥哥，叫他耐心再等一下，不會有什麼多大麻煩的。

絹妹好久沒有來信，上月十六日給她（光隆國校）的信，至今也沒有回覆，很念，你知道她有什麼困難嗎？大哥到這裡來時，曾給我看過她的信，似有什麼苦悶在心頭，你曉得她苦悶的原因嗎？無論大小事情，一個人悶在心裡是不好的，你們做哥哥的應該查查看，幫她解決。如有什麼不能解決的事情問題，就寫來告訴我，我相信可以想出辦法來幫助她的。她向來很樂觀，現在的情形叫我很擔心。你馬上轉告我的意思，叫她把所有的心事都明快寫來告訴我，順便寄兩支沙眼藥膏來。

祝

安好

四十八・六・二十

跑車也要剎車機

親愛的萌梅：

十九日的信收到了，幾天來我一直在等著你們的好消息，也有一點擔心，當梅要離開羅東時，是否會碰到什麼阻礙？

今天收到你們一道寫來的信，又收到建的很開懷的信，我大大的放心了。看你們並排寫在一起的信，我想像著你們一塊兒玩樂，一塊兒學習與工作的情景，快樂極了。

今天剛剛是六月份的慶生會，有酒喝。也權作是你們的喜酒，多喝了兩口，祝福你們開闊的前途。

萌的性格，真誠熱烈，好像一爐火，也好像一部精緻的跑車，太靈敏了，一點點刺激都會把他帶進憂悒或熱狂。熱情雖然是很好的，但欠缺了控制就有一點危險，常叫我擔心。

幸虧梅給我的印象是冷靜與耐心，正好可以當一部很好的剎車機，我很可以讓梅來控制這一匹野馬不致脫韁。

我覺得你們是一對最理想的伴侶，萌可以給你們熱力，梅可以控制這熱力不致於熱狂，而穩定開拓你們的前途，是多麼美麗的一對啊！

建的信充滿樂觀氣息，「笑口常開」是可以想像得到的。這也是受到你們快樂的感染。無論悲觀與樂觀，人的氣氛都很容易傳染的，我相信你們的快樂會喚起羅東的祖母、台中的母親、妹妹們以及朋友們的笑聲反應的，這多好啊！

祝

快樂

四十八・六・二十七

明智耐心打開出路

親愛的萌梅：

六月二十七日的信收到了，我很高興、滿意、快樂。我們雖然窮於物質，精神生活卻是富有的，今後一定能更富，終成為巨富。這就是說：設使陷在萬丈深坑，我們還可以保持樂觀與信心，明智耐心打開出路，把快樂分給人們。

現在我唯一掛念的是：絹差不多半年沒有來信了，我給她幾封信也都不回，一定有什麼煩悶在心，你們趕快查明白告訴我。我一定可以幫她想出解決辦法的。

一年來，她負的擔子太重了，經濟許可的話，利用暑假帶她來玩一下，開開心也好。

你們的婚禮可以慢慢來，但結婚登記是可以先辦的。

親愛的建：

二十九日與前兩封信都收到了。哥哥說你近來笑口常開，你這樂觀氣氛，從你的信我已感到，很欣慰。遊山玩水對於身體很好，與工作學習一樣重要，一年來我無論寒暑，每天都勵行游水兩三百公尺，因此健康很有進步。有空時，多找哥嫂去玩是很好的。

哥嫂們的結婚是一個好榜樣，你也可以積極一點去找對象了。

祝

精神快樂

四十八・七・四

孤獨如何打開呢？

親愛的絹：

二十九日的信收到了，你的困難我都能瞭解。

爸爸哥哥們都不在家，當你下班回家時，家裡冷清清的，只有妹妹一個人被炊烟燻得眼淚鼻涕直流著，開飯時媽又不回來，有時回來了，也沒有一句開心的話，在這樣情境之下，你覺得舉目無親，得不到溫暖，是很自然的。

因此，你想找談心的朋友，與喬老師[1]多接觸，又引起了同事的嫉視與疏遠，這樣的孤獨，使你靠近了喬老師，在這孤獨無依的情形之下，喬是你唯一談得來的，你表現了熱情，他求婚，但因你看過不幸的結婚太多了，覺得畏懼，不願意談這件事，唯一的朋友又冷淡起來，甚至採取了刺戟行動……這也是很平常可以看到的事情。

不幸的結婚實在太多了，你覺得畏懼是有理由的，你拒絕與他談這問題是對的。但現在的孤獨如何打開呢？這是你最要警惕的時候，要是受不了孤寂而發展成嫉妒，感情衝動盲目投下去的話，你便會失掉獨立自主，將來是不堪設想的。

你雖說喜歡他，但單憑一時的喜歡，尤其在此孤獨無依、饑不擇食的不正常心理狀態之下的喜歡，來決定終身伴侶是很危險的。結婚是終身大事，必須考慮到很多問題，而你們在一起服務才一年，你所見的世面又太狹了，年輕人的甜言蜜語又多的是幻想與裝作，不可靠。顯然是沒有成熟的。

現在你就再忍受一段時間的孤獨吧！這是很難受的，爸也替你難過，但為終身的幸福，短短時間的苦悶應該忍受，這樣對你是個試煉，對於你才是考驗。肚子餓瘋了，就撿著沒有煮熟的東西吃下去，這樣的安慰是瞬間即逝的，隨著而來的一定會鬧肚子。何況結婚是終身的，比鬧一下肚子要嚴重千百倍。

無論學問、工作、結婚，適合自己的志趣才會有進步和快樂，是很要緊的，爸決不會有成見，像一般老頑固來干涉，反對你的自由選擇，但因爸看到過不幸的結婚太多了，結果都是很慘，你的畏懼是有理由的，應該慎重。這是爸的真心話，爸為此苦惱了一輩子，也給你們許多不好的影響，真不願意看到你們再踏上爸的覆轍。

由哥嫂這一次的經驗，尤其是大嫂十年來的處世經驗，你一定可以學到許多東西。利用暑假到高雄玩幾天，同哥嫂們談談，對於你是有益的。

請哥哥們籌備一點旅費，讓你同大嫂一塊到這裡來談談，對於你一定會有幫助的。也許媽不許可，你只說到高雄玩玩就行了。

祝

耐心明智

四十八・七・五

1 喬樸陽，喬老師是楊素絹在台中縣立光隆國小任教時的同事，兩人之後結為夫婦。

黑夜卻有星光

親愛的絹：

上週寄學校的信收到了吧？因篇幅只能叫你忍受，哦！怎麼忍受這樣叫人窒息的孤寂呢！也許你會覺得爸太殘酷了吧？其實快樂與不快樂常常只是一念之差。

人面對著太陽時，便覺得遍地光輝，好像世界上沒有黑夜似的；面對著黑暗則恰恰相反，這都是錯覺。尤其純真幻想、情感勝過理智的年輕人，最容易陷入這樣的錯覺。要是冷靜耐心一點，便會發覺，白天裡也有黑影，黑夜裡卻有月亮和星光。

現在你更覺得雙手空空，好像舉目無親，其實，在不太遠的地方，哥、嫂、爸都正在關懷著你，只要你不失信心，不拒斥，都會運用全力來幫助你的。半年來你不給我寫信，叫我亂猜一場。這不僅你一個人悶在心裡多受了苦，也加添了爸不少愁悶，如今你的遭遇正是我曾經克服過的，看得也太多了，一定能幫你找到出路。

親愛的孩子！你出校門才一年，免不了處世經驗是不夠的，很多事情都不容易處理，這是每一個年輕人都必須經過的試煉，也是考驗對方的機會，千萬不要灰心。只要耐心、明智，闖過此關是沒有多大問題的。

兩個月前，大哥也不是陷入了如此困難？他來看我時是頹喪的，但回去之後卻一帆風順了。我的心肝孩子們的痛苦便是爸的痛苦，唯有你們都真正快樂，爸才是快樂的，決心走一趟吧！旅費哥哥們會想辦法的。

祝

平安快樂

四十八・七・十一

快車配上靈剎車

親愛的萌梅：

你們決心「暫時安於不很愜意的工作，然後慢慢改善生活」是很對的。萌性急、梅能耐，萌性熱、梅冷靜，真是快車配上靈剎車，我多麼欣慰！

絹來信詳述了她的苦衷，我都能瞭解，她雖然正在努力求揭曉，到底年紀輕，經驗少，天真又幻想，非得親情的幫助是很難的。我又每週只能寄出一封三百字的信，心有餘而字不足，恐怕很難發生有效的幫助。希望你們就近多多發揮親情幫助她，這樣才能打消她「舉目無親」的錯誤感覺。

她的心似已被抓得很緊，迷蕩蕩的，對同學、同事、學生、家人都疏遠了，卻又覺得孤獨無依，她自己畏懼談婚姻問題，不談之後卻又覺得甚不快樂，這樣的矛盾、不正常的心理狀態，是很危險的。

親愛的梅：

你們同是女孩子，加上你十年來的經驗和冷靜耐苦的性格，一定能給她很大的幫助，就叫絹利用暑假到高雄玩幾天，於你的斗室中同她徹底談論一下好嗎？如能帶她到這裡來談，是更好的了，但你剛就職恐怕不方便吧？

對於喬老師（向絹求婚的同事）我們完全不認識，自然不能支持，也沒有反對的理由。絹說喜歡他，相信可以互相幫助。我是主張自由選擇的，本來不會有問題，但絹的話難免有「情人眼裡出西施」的成分，不很可靠。我們應該幫她考驗一下。你們可以勸她暫保持一段距離，耐心等待兩年，多考察以試煉自己，考驗對方，再做決定。不幸的結婚實例太多了，絹的畏懼是有理由的，而這些不幸都是由衝動草率的決定以致的，我們有責任盡力幫助她，免致因一時的迷惑而誤了終身大事。

因絹吩咐此事不要告訴任何人，你們不要說我提起這件事，最好耐心逼她自己說出來。

在窮的生活中，祖母的生活應列為優先，每月照應，工作情形也說得好一點，讓她安心。

祝

安好

四十八・七・十八

跌倒了爬起來

親愛的陶：

素絹初出社會，因幻想純真缺少經驗，在工作生活各方面都碰到了很多困難，正在苦悶中，利用暑假帶她來玩，以便幫助她解決問題吧。

親愛的絹：

我把你的信反覆看過十幾次，字背之音都聽見了。你的困難是年輕人都會碰到的，我也是曾經碰到過的一人。初出校門時，誰都是幻想天真，一切人事物都生疏難應付，跌了一跤又一跤是免不了的，這正是人生的試煉，也是對朋友伴侶的考驗。記得你分發時寫的詩有一句「跌倒了爬起來」，相信你是有這勇氣的。自然，談詩容易、實踐較難。應毅然闖過此關，跌倒千百次都不灰心，才能在失敗中發現進步的足跡，慢慢養成樂觀的精神。

人生是最複雜的，想瞭解自己都不容易，要瞭解別人更難。雖然如此，只要保持冷靜耐心來運用明智，還是可以慢慢加深瞭解的。這就是說：不能單憑一時的高興和表面的言詞來判斷任何人。

因為幻想的、感情的語言都不一定是真的，甜言蜜語中偽裝的成分又多，應在較長時間的相處中，從各方面搜集資料才能正確的瞭解。

妳說同事們談不來，學生也不像從前親熱了，這可能你的態度有點不對。我知道你太熱情了，容易熱中於某一件事，而疏遠了其他一切，走進了牛角尖。熱情固然重要，但必須有冷靜的控制，才不致像飛蛾撲火受損傷。不要因一時的衝動、狹義的快樂而忘記了終身的幸福。一週只能有三百字的一封信，很多要談的事情都不能談得透徹，還是請媽媽帶你來玩一下吧！爸一定會幫你解決困難的。

祝

安好

四十八・七・二十五

不被甜言所惑

親愛的陶：

素絹初出社會、缺乏經驗，工作上、精神上各方面都碰上了許多困難，在苦悶中，希望你能利用暑假帶她來談，以便幫她解決問題。

親愛的絹：

我把你的信看過了好幾次，你的困難我都能瞭解。初出校門，誰都是天真的幻想的，一切人事都生疏難應付，跌倒了一次又一次是免不了的。這正是人生的試煉，也是對朋友、伴侶的考驗。記得你畢業時做的詩中有一句「跌倒了爬起來」，我相信你是有這勇氣和決心的。跌倒了千百次都不灰心，才能在失敗中發現進步的足跡，慢慢養成樂觀精神。

你學會「逆來順受」顯然是進步了，如能學到「不破甜言所惑」，那才是更大的進步。現在規定：每週只能寄一封三〇〇字的信，你的問題都無法談得透徹，還是請媽或嫂同你來玩，我們可以徹底談談你的困難，解消你的苦悶。

祝

安好。

四十八・七・二十五

考試成敗不必介意

建：

來信、一百元都收到了，你回家看了情形如何？看絹的信，她情緒非常惡劣、苦悶、想不開，這是很危險的，你應時常寫信幫她解決問題。她如能來一趟更好。因給她的信超過三百字，我這次被罰停止通信三個月[1]，暫時沒接到我的信也不必掛慮，我的身體與生活都是很好的。

萌梅：

你們在不如意中，決定安於不合適的工作，慢慢再來改變生活，很對，我快慰極了。關於停止通信事，是因為顧念你們兄妹的艱難心切，無意中所犯，正想寫報告請求寬大處分[2]，放心好了。妹妹你們可以就近幫助她，叫她婚姻問題慎重考慮，不要太早答應，我就可以放心的。你們在艱苦中，羅東祖母的生活費應列為第一優先，按月匯寄，我這裡身體生活都很好，不必勉強。碧妹已盡了最大努力，考試成敗不必介意，如果失敗請媽不要責罵她，大家要安慰她。

祝

安好

四十八・八・一

1 綠島受刑人被規定每週只能寄一封限於三〇〇字以下的家書，楊逵因有一次超過規定而被罰三個月不准寫信回家。

2 因被罰禁止通信，擬提出申請解禁，但結果並未獲准。

可以餓肚子盡孝嗎？

萌梅：

爸接到你們的信，得悉你們為完成老人家的心願，正式在台中與羅東舉行結婚披露之禮[1]，很感欣慰。同時對於你們未能解決入籍問題而起的煩惱，也很關切，這問題雖然是芝麻大的，不關重要的問題，但卻是你們母親與祖母雙方爭執的重點，希望你們不要為此太遷就一方而激怒了另一方。

你們最好，對這古板的雙方都應保持一段隔離，避免再惹起爭執，這樣才可以保持你們的安寧，爸才可以放心。

爸的意見是，你們可以藉職業關係，暫住高雄，如有必要就在高雄辦公證結婚，另成一家籍，既不要入台中，也不可以入羅東，她們便無話說了吧。

八十歲的老祖母，讓她孤單一個人住在羅東，自炊自洗，固然是不能放心的，但她固執不搬出來跟你們住在一塊，也是沒有辦法的。現在工業社會不比從前的農業社會，人為了學習，為了工作，是不能一生待在家鄉這小天地的，如此是不能進步，也很難謀生的，難道你們可以餓著肚子盡孝嗎？

只要你們把經濟情形改善一下，多寄一點錢給她，讓她不致有饑餓之憂，做得到的話，再多寄一點錢，請鄰居給她包飯包洗，早晚照顧一下，也就夠了。你們不是說她身體很好嗎？那麼就不必為此終日苦悶在心，更不可以因此放棄了開拓光明前途的一切願望，而被她束縛在鄉下裡。

如此維持一段時間之後，小孩子出世了，就可以請她出來玩一下，看看曾孫（這是一般老人家所高興的），慢慢讓她習慣於城市生活，也許她就可以放棄原來的固執的。

爸對於老人家的心理是很明白的，一般都不願走動，不高興離開家鄉，更希望兒兒孫孫一大群聚集在她身邊的，這感情本來是人性的自然表現，無所謂不好的，但卻常常會使年輕人覺得似枷鎖，束縛年輕人的活動與進步。

有一天你們要出國深造，必須遠離家鄉，爸難道就不會發生一種寂寞而難捨的感情嗎？甚至灑淚惜別嗎？同一般老人家一樣，這感情是免不了的，這是很美的親情，爸不否認它。但如果不能控制此感情，永遠把下一代牽在身邊，那就妨害了年輕人的前途，遺害萬千，所以，爸決不會讓自己陷入了這感情陷阱的，也不願你們因爸的淚就躊躇不前，走入牛角尖。

老人家阻礙年輕人求進步、求發展的辦法有二：一是像你們母親的哭鬧，另一是較斯文如你們祖母的灑淚陳訴，結果都是一樣把你們牢牢牽在自己身邊，以求享受。但這想法是大錯而特錯的了。兒孫已不能在物質上、精神上求得進步，大家聚集在一塊過著饑寒（物質的與精神的）的生活，不僅無法得到快樂，更會發生各種摩擦，造成很多不幸的。卻見家鄉這樣的實例太多了。

現在你們的勞動時間太長，工作情形也不很美滿，但這是今天的現實情

政治受難者家屬的人生全亂了套，往往只能「自己人」相互取暖。楊逵的長子楊資崩（右二）娶政治犯蕭素梅（左二）。

形，沒有本錢的人都是一樣，如果你們把這工作放棄跑到羅東去，我可斷言，情形更壞，困難也會更多的，也許連可以餬口的起碼工作都無法找到。

我猜想，你們去羅東求職環境比現在更差，如找不到適宜工作，收入減少了，生活不能安定，就會發生種種不愉快事情，而且母親也會為此大鬧一番，更使一家人都不能安寧。再說羅東的社會風氣比起台中來是更落後、閉塞的，祖母的固執迷信也不會比母親輕，所以如此的生活環境和生活方式，你終會吃不消的。

你說她已八十歲了，不會久的，想服侍到她百歲。這想法是再荒唐也沒有了。人的生命是難測的，三年五年十年八年都不知道，要是你們以這樣的心理來服侍她，一方面希望她快死而獲得自由；一方面又非在她之下，忍受一切不願意的生活不可，這樣不正常心理嚴重時會叫人發瘋的。因為在不願意的生活中，這種感情總難免會表現出來，要是給她看出來，說你們恨她不快快死掉的話，這是多麼難堪呀！

祝

安好

四十八・十月中

1在台中借台中婦女會禮堂舉行結婚儀式，在羅東又另舉行入贅婚禮儀式。

盼望有一個小農場

萌梅：

來信收到了，建也來過了。你們都是軟心腸的孩子，終被祖母的淚打敗而放棄工作到羅東去了，這行動我是可以諒解的[1]。但也擔心你們為了職業與生活方式將會碰到更多的困難。

去之、忍之，麻煩是你們自找的，你們應該忍受一切。

一家人在這困難重重的時候，最好是能夠住得靠近一點，這樣有問題可以互相商量研究，有困難可以協力解決，如今你們自己走開了，問題與困難將要加倍。

你媽已決定把台中的房地賣掉，遷居高雄，在市內開一個小小生果鮮花舖子，在近山開設一農場，種種果樹和花木[2]。

這樣一家人可以利用假期常常聚集，爬山野餐、游泳、釣魚多快樂！奔波倦了的，都有安靜的地方休息、讀書寫作的據點，我回去之後更需要這樣的地方。這樣的經營，賣地所得的資金足夠用的，不必依靠別人，希望你們協力建好一個基礎。將來孫子們多了，可以集中教養，你們想出國深造時，也可免牽累和後顧之憂。

詳情等阿建實地勘查後會告訴你們的，希望你們也提供意見。我猜你們現在的情形是不能維持多久的，要預先有一個設法。

今天起可以照常通信了[3]，只因為家人四散，四週才能輪到一次給你們[4]，許多事情無法詳談了。

建說你要當蘇花公路卡車綑工[5]，這類工作是很危險的，千萬不要冒險叫我晝夜擔心。應找較安全的職業，工作吃力、收入少都沒關係。只要安全，窮一點是可以忍受的。

四十八・十一・一

1 楊資崩與蕭素梅接受楊逵的建議，不回羅東，不回台中，雙雙在高雄住下。奈何經不起蕭素梅祖母的哭鬧，又悄悄辭去高雄的工作搬回羅東。

2 此時楊建在高雄某兵工廠服役，楊逵來信要他在高雄覓尋土地或店舖，重建農園於高雄近郊。

3 被禁止通信的三個月，在十一月一日解禁了。

4 葉陶、楊素絹、楊碧住在台中，楊秀俄住在花蓮，楊資崩住在羅東，楊建住在高雄。每週只能通一次信，所以要輪迴四週才能接到楊逵的信一次。

5 楊資崩自搬到羅東後，生活毫無著落，曾擺過路邊攤，但收入不佳，所以才萌意到專門跑蘇花公路的卡車行應徵卡車綑工。

身體我會注意療養

建：

來信收到了，又麻油和安冬眠[1]也都收到了。你向來做事認真、性格冷靜，自我們談過之後[2]，更加強了我的信心，覺得輕鬆多了。我的身體我會自己注意療養的，放心好了。

這次你請黎分隊長[3]帶來東西，因我們不諳這裡規定，手續錯了，害他碰到了許多麻煩，很對不起他的好意[4]。今後送東西一律用郵寄，金得[5]配藥好了，也叫他用郵包寄來，不要託人帶了。

四十八・十一・七

1 楊逵因擔心家中變故，又有較嚴重的神經質，所以經常失眠，要楊建寄麻油補身，安冬眠是一種鎮定劑藥物。
2 楊建於十月中，向兵工廠上校主任請半個月假赴綠島探親，在綠島住了整整十五天，每天和楊逵面談，這段時間的三餐都是由董登源先生負責。
3 假滿回到台東時，有一位長官黎隊長同船而行，因為他暈船，一路由楊建照顧。
4 楊建不懂綠島新生營的規矩，順便在台東準備了楊逵所要的麻油與安冬眠，煩請他帶回，結果據說黎隊長遭到相當大的麻煩，捱了不少官腔。
5 葉金得是楊逵的大女婿，後來更名為葉俊岩。

有問題我們協力研究

絹：

好久沒有來信，你們都好嗎？爸也因故三個月不寄信了，但身體還不錯，放心好了。

今後可以照常通信了，有什麼問題或困難，都可以寫來，讓我們協力研究。

上個月建來過了，我們談了許多家裡的事情，以及將來的計畫，我想他已告訴過你們了吧？

我覺得，現在我們家太四散了，大哥在羅東，二哥在高雄，我又在這裡，致使你們碰到問題和困難時，都得不到幫助，是最大的遺憾。我和二哥商量了一個辦法，盡量使大家能住得靠近一點的計畫，如能實現，大家可以常常團聚，一切都會方便得多的。

我相信建會推行這一計畫的，我回去之期也不久了，家境一定也會慢慢好起來的。

四十八・十一・十五

注意現實
打消幻想

萌梅：

來信收到，你們都能吃苦，暫時這樣維持一下也好，等我回去再說。你說絹也在計畫出走[1]，這問題很嚴重，要好好勸慰她，再忍耐一段時間，我回家之期快了，一定會幫她解決問題的。

青年人陷入情網是很平常的事情，只要本人不太衝動，兩家人處理得適當，也是人生必經的一重要課程。

我擔心的是怕你媽不會處理事情，越弄越糟。

絹來信曾經說，中秋前同梅談了好久，談得很好，她是感佩梅的，希望你們找出她所面臨的及將要碰到的問題，給信同她討論，開開她的眼界，幫她注意現實，打消幻想。

她初出社會，性格天真，眼界又狹，最怕她理性不能控制感情衝動，那就糟了。

她的對象我不反對，但不能贊成，因為她這感情是在家裡紛亂、沒有溫暖及孤獨無依中發生的，很不正常。如我回去，一切恢復正常後，他們又經過一段冷靜時間來互相考驗堅定了信心，我一定可以幫助她完成其願望的。

叫她現在不必拒絕，也不要答應，必須經過一段時間來加深認識才好。現在決定實在太早，如輕率答應了，將來一定會引起許多麻煩。如果她的看法不錯，水到渠成，沒有問題的。現在不要急，更不可以出走，這是很危險的。

四十八・十一・二十一

1 葉陶當時尚有很深的地域觀念，因為喬老師是外省籍，所以婚事又受到她的阻撓和壓力。

急性會踏上覆轍

絹：

大哥來信說，你在計畫出走，這是很危險的，應該好好考慮一下。不要為了追求一時的快樂，賭一時的氣，或者不能忍受短時的苦就自暴自棄，毀了自己的前途。

你不是說再過一個中秋，我們就可以團聚了嗎？我回去之後，一定能把一切家境改觀，讓你們發揮自己志趣的，無論學習、工作、與結婚。

你可以相信我不會成為你們的絆腳石，相反的，我一向，將來也一定會為完成你們自己的願望而設法的。

難道十多年都忍了，這十幾個月就不能再忍一下嗎？

你看到大姊的處境嗎[1]！看你媽的性格和作風離我又多遠！但結婚，孩子出世了，就難得逃脫一條繩子非吃一輩子的苦不可了。這都是感情衝動帶來的不幸，也是為了一時的快樂造成的一輩子不快樂。人要認識自己都不容易，要認識對方是更難的，你們應留一段冷靜的時間來互相考驗一下，千萬不要因急性而踏上覆轍。結婚是終身大事，一定要考慮到許多因素的。匆促的結婚，十九都會造成悲劇，那是很可怕的，其例你也看得不少了吧！

四十八・十一・二十八

---

1 因楊秀俄的不如意婚姻為前車之鑑，提醒楊素絹三思。

三思而後行

建：

安冬眠可以用，Vita-Poly剛收到[1]。是對的。我的體重已有進步，現在是48kg了，放心好了。

金得藥也收到。

橫山的土地既然缺水[2]，是不能用的，暫時按下。如搬了家，你同絹的薪水勉強可以維持，媽的花果生意看她的意思，做可，不做也可以，不要勉強。

只要大家的心情能安定，窮一點沒關係。為此，如能請媽利用冬假帶妹妹們來一趟，談談，也許可以把她們不好的情緒緩和一下。

萌：

梅快臨月了，工作不方便，小孩出世後，你的擔子便愈來愈重。做事要有計畫，多商量、有耐心，三思而後行，才不致走入牛角尖。一旦開始做時就不要三心兩意，耐心堅持到底，不可以半途而廢。

我知道要在北部找職業是很難的，重整花圃的計畫不錯[3]。快把土地情形（交通、水利、土質、面積及周圍的情形）及詳細計畫（資金與收支預算）寫來，以便研究。如一切條件都不錯，而台中的房地能早日脫手[4]，就請媽拿一點錢出來做本好了。不要再為點刺激就發牛性，幫人要先量力及研究辦法，才不致救不了人，卻自己先淹沒。

四十八・十二・五

1 安冬眠，鎮靜劑藥物。Vita-Poly，綜合維生素。

2 在楊逵的催促下，楊建到燕巢鄉橫山求助於董登源先生，結果在橫山附近看到一座山，似可耕作，但經過深入調查結果，水利不甚方便。

3 楊資崩自從北上以後，一直很落魄，職業尚無著落，計畫重建花圃的工作乃成了空中閣樓。

4 因為重建花圃需要資金，所以楊逵一直催葉陶把剛買下經營不久的土地賣掉，給楊資崩在台北創業。

文藝是現實人生

萌梅：

百元、信都收到。你們生活很艱難，暫不要勉強。我需用錢時，建會寄來。祖母孤獨，吃飯要錢，按期寄給她要緊。快謀安定，多寄一點，請鄰居包飯包洗，三兩月探問一次安慰安慰。在一起固可安心，若生活問題不能解決，一塊挨餓更糟。花園地如有適當的可租，把詳細情形寫來，我將請媽籌備資金。為健康、安定生活和讀書，種花種菜、養鵝鴨是最理想的。多給絹妹勉勵。

絹：

你要學跑五千米的精神來忍受艱難，一切無法解決的問題待我回去再說，很欣慰。爸一定支持你自己的選擇，但也要幫你觀察考驗和認識。這為樂的前途是不可缺的。你的文藝素養不錯，應繼續努力，切不可功虧一簣，半途而廢。文藝是現實人生的寫照，不是幻想，對於自己，對於社會，都應有深入的觀察、體會，才能有成就。讓這一次苦難的經驗成為你的血肉吧！

四十八・十二・十

要大家同意才可推行

建：

絹來信說，她的事要等我回去再說，可放心了。賣地事，媽還是三心兩意，可能影響轉勤事[1]，一切要大家同意才可推行，不要勉強。萌找職很難，開花園是最好的出路，請媽速為他籌備資金。大姊寄藥收到了，轉告她放心保重。

陶：

萌因輟學、做雜工被人看不起，以致工作不能安、心苦惱。我們做父母的都有責任。這次要在台北開花園，很適合他的脾氣，應速為他籌備資金一萬，由事實證明你對他的關切，也補盡一點欠他的責任。借可、賣地也可以，一定要速，才可解消他的徬徨與誤會，恢復信心。我希望每個孩子都能保持健全的體魄、樂觀的精神，等我回去便可重建輝煌的事業。要是身體壞了，精神頹喪，留得再多的家財也無用。不要讓我灰心，就可安眠，恢復健康，回去後一切都有辦法。為了生活，房地貼光也沒關係，唯有和氣、健康，才有快樂的晚年。很多事情要商量，如能帶絹、碧來一趟更好。

四十八・十二・十二

1 楊素絹在台中縣光隆國小任教時，偶遇不如意事，受同事的嫉妬與排斥，心情惡劣，想改變環境，楊逵建議葉陶幫忙想辦法。葉陶曾任婦女會理事長。

凡事不要太勉強

建：

百五十元收到了，我近來睡得好，體重增加些，放心好了。

資崩因祖母的牽累，暫時不能離開台北，又說有朋友的土地在三張犁可租[1]，我已教他把土地情形詳細調查了一下，如可以用，就集中全力支持他。因為人力、資力，都不能兩兼，橫山的計畫只好暫時按下。

絹來信曾說，賣地事，媽還是三心兩意，那麼，只能延還銀行借款來籌備資金[2]，支持大哥。好好商量一下。如能請媽帶妹妹來一下，可以通盤研究。凡事大家同意才可推行，不要太勉強。

俄[3]：

來信和藥都收到，這藥不錯，吃過後很有進步，夠用半年，放心好了。你再養了小孩，母子都平安，我很欣慰。生活艱難可以忍耐一下，等我回去後想開農場，你們可以從事農產加工工作，這樣既可以團聚，生活也可以安定的。

四十八・十二・二十六

1楊資崩在台北三張犁找到一塊土地，想租來經營農園的計畫，後因資金短絀作罷。

2台中的土地與房屋，一部分是向銀行借款，楊逵的意思是延還銀行借款，以支持楊資崩在台北的花圃計畫。

3此為楊逵順便給長女楊秀俄的信。

勞動，自給自足，是楊逵一直以來的信念。

保持樂觀精神

陶：

新年又過去了，再十五個月我就可以回去了，過一個中秋，一個年，很快就會到的，希望你們再忍受一下。我回去以後，一切可以復原的，快樂的晚年是可期的。

現在我最擔心的是，資崩在台北當一個送貨員要維持他們幾個人[1]，生活一定很苦，素梅又快要養孩子了，不能出外找工作，等養孩子時負擔愈加重，一定要想辦法支持他，使他們的生活上軌道。

萌來信說：三張犁有朋友的土地可租，我已叫他把土地情形詳細調查，如適宜於種花，讓他在這方面去發展，他既有經驗，也有把握的。

希望你籌備些資金，如銀行借款可以延還大概就夠了。

我希望每一個孩子都能安居樂業，保持樂觀的精神幹下去，如此就是把所有的東西都變賣填充也可以的。只要孩子們都能保持健全體魄、樂觀精神，我回去之後要重建輝煌事業是沒有問題的，快樂的晚年自不會發生問題。

祝
安好

四十九・一・二

---

1 楊資崩、蕭素梅以及蕭的祖母。

楊逵在綠島期間，葉陶（前排左四）撐起家計，以賣花為生。1961 年 4 月 6 日，楊逵刑期屆滿返台，五月間葉陶當選為模範母親。

過分的捧迎是灌迷湯

絹：

確切的答覆我不敢。對一個完全沒有認識的人，不能武斷說「否」，更不能糊塗答應，這樣會誤你的前程，爸只想幫你加深認識，你要自己作主。

「結婚悲劇太多了」。你自己這話不要淡忘，每天報上不盡是叫人提心吊膽的事例嗎？

你說你冷靜，卻顯得表現著迷蕩蕩的，真叫我擔心。過分的捧迎是灌迷湯，能叫人昏頭昏腦，應避開。如早晚送迎就當起「媽祖婆」來，最危險。凶行易避、甜言難防。自信心應以馬拉松精神磨練出來，迎捧造成的，很快就要變成破滅。不要埋怨爸對你的眼光無信心，爸對自己的眼光也不敢輕信。因為迷湯這東西五花八門，最容易受迷，非經久不能顯出。吃點虧倒無所謂，婚姻不能魯莽。

名利、地位、學歷自然可以不管，只要品格真誠，經久越發光輝、不會損壞，耐心等著，如願以償。但一定要避開捧迎和讚美，掃除迷湯，才能加深認識，不可輕易答應來自誤。

最最惦念著你的爸。

四十九・一・九

有個好玩的公公

秀俄：

寄來的藥早收到了。吃過之後，身體很有進步，足夠吃半年之用，放心好了。你們母子都平安，很欣慰，孩子長得很好了吧？金得的生意是不是做得順利？能夠勉強維持一下就好。再十五個月，爸就可以回去，計畫將來開一個較大的農場，大家可以團聚。你們對種植、農產加工都有經驗，工作是不必愁慮，孫子們的教育更沒有問題。

爸爸好久沒有給你們信了，這並不是爸爸懶，也不是忘了你們，因為每週只能寄一封三百字的信，弟妹們既離散，問題又多，實在應付不了。

春節又到了，爸不能給孫子們壓歲錢，讓他們高興一下，覺得很遺憾。你就把往年我們在園裡過年的快樂故事講給他們聽聽吧，這樣，他們便會覺得有一個好玩的公公多有趣，自然會發生樂觀的期望。這是爸唯一能夠給你們的禮物。

祝

新春快樂

四十九・一・十七

一樣的心情

萌
梅：

來信收到，我很高興，也很擔心。媽、妹們昨天來了，都是一樣的心情。媽說生產是件大事，特別在頭胎應該十分小心。她很想去台北照顧一下，只因為不能離家太久，而且在台北一切都不方便，不如你們暫時回台中好。環境清靜，產前產後的療養方便，助產士又都是熟人可靠，既方便又安全，自然我是可以放心的。預定日很快就要到了，快準備回來吧。一切費用媽回去後隨時會籌備的，你們不用操心。要是你不能回台中，把梅送回來，待滿月再去也好。

如你所說：台北已無固定工作，生活費又高，據建說：大榮[1]希望你回來，等有機會想派你去日本，我想也不錯。要是不願意回大榮，在高雄開農場也可以[2]。這樣可以替我建立一個基礎，讓我回去可以馬上安心工作，省很多的時間，最好沒有的了，詳情媽、妹們會告訴你的，回台中商量一下吧。

四十九・二・六

1 高雄市鼓山區大榮製鋼有限公司董事長李天生，在楊建即將退伍前夕，來電要楊建到大榮變電室負責全廠的電機修護工作，一併要他轉告楊資崩，大榮歡迎他回來。

2 同時楊建也在高雄籌劃找土地的事，準備全家由台中移居高雄，為楊逵出獄後重建農園做準備。

不必依靠別人

萌
梅：

來信收到。媽、妹們今天回去了。玩得很痛快，對於將來的家庭重建計畫也談得很投機。媽的脾氣固然壞，優點卻也不少。你們應該原諒她，用不著害怕。爸離家太久了，媽因寂寞與艱苦，脾氣暴躁一點是免不了的。但她卻一直喜愛你們，對於梅的生產特關切。她希望你們暫時回台中生產，待滿月再走。為使祖母高興，孫子取母姓[1]，她也不反對。一切費用她回去後馬上籌備，你們用不著操心。產前產後應該充分休養，過分操勞是不好的。家裡環境清靜，又有媽、妹們幫忙，助產士又都是熟人，一定安全可靠舒適。只要你們馬上回家，我就可以不必擔心了。

萌不願意回大榮工作的話，也不必勉強，但台北既然找不到土地，就在高雄近郊找找看吧。有空可以去察看一下。把台中的房地賣掉的話，資金是夠用的，不必依靠別人。農物弄起來了，爸回家去後多方便、多高興。孫子的名字下週告訴你們[2]。

四十九・二・十三

1 入贅後，孩子應從母姓以繼承娘家的香火。
2 楊資崩即將出世的孩子的名字，楊逵提議替他取名。

日新又新 天天進步

陶、絹、碧：

由新港、高雄[1]寄來的信都收到了，你們一路平安快樂，我很欣慰。幾個月來風浪是很大的，你們來回乘船時，卻天氣晴朗，海面如鏡，天老爺實在太愛護你們了。但你們的體魄和精神倒也不錯，可見經常的磨練是多麼重要的，應記功一次。為避免打屁股，我一定繼續鍛鍊保養身體，以期胖到約束的五五公斤回去見你們。大家都很關懷你們的旅途，要我代向你們問好。

萌梅：

前兩封信都收到了吧？我想你們已經準備好回家生產了。三月中旬很快就到，太迫近了恐怕不測。為安全計一定要馬上動身。將來的家庭重建計畫，回家同媽、妹們好好商量一下再做決定好了。將出世的嬰兒，我希望他（她）日日新又日新，天天進步，這樣保持求真的精神便能有美與善的表現，男的「又新」、「天進」，女的「真」[2]。妹妹貪心做姑姑，要我起三個名字，她的意思是多多益善哩！祝好

四十九・二・二十

1 葉陶、楊素絹與楊碧，利用寒假期間到綠島會見楊逵，歸途經由新港、台東取道高雄回台中。

2 楊逵替長孫取名字，男生的話取名「又新」、「天進」，女生的話建議取名為「真」。

葉陶（左二）和女兒楊碧（左）、楊素娟（右）至綠島探望楊逵（右二）。

不能滿身如刺蝟

萌：

信到，叫梅回台中生產，是我提的，只為安全計。媽答應讓你們滿月就走，嬰兒取姓隨你們便，也希望你們快把工作固定，切實扶養祖母的諾言。

不能再說媽自私這類話來刺她牛性再發，使弟妹不安，來擾亂我的情緒。計畫在高雄開農場，固然我有一點自私的意思，也是為你們想種花在台北找不到土地而設想，沒想叫你和媽兩隻野牛住在一起找麻煩。自力更生是對的，互助合作更要緊，不能滿身如刺蝟，到處傷人。扶養祖母是對的，但方法要考慮，餓著肚子說空話搞不通。在羅東幾個月的擺攤經驗[1]還不足為訓嗎？梅的態度很好，你要向她學，你不願到高雄，算了，我回去再說。嬰兒出生以後，你們負擔夠重的，家又讓弟妹挑。弟入大榮因收入較多開支省，工作較鬆可兼夜中課來平衡家計[2]，正當工作換來應得薪水，他不致去管老闆家事[3]。梅決定住院接生可靠，爸又放心了，你們寫信好好安慰媽就是了。只要不再刺她，她是講得通的，你們可以自由發揮。她怕的是你出生時，那種窮困冒險的重演，沒有獨佔你們孩子的念頭。

四十九・二・二十七

1楊資崩自高雄搬到羅東初期，因為工作、生活沒有著落，所以在羅東街頭擺路邊攤。

2楊建退伍以後，就進入高雄大榮製鋼公司變電室擔任電機修護工作，夜間找些家教兼差。

3因董事長家庭比較複雜，自從楊建進入大榮以後，一方面忙於工作，看點書，一方面也不習慣於那種階級的生活方式，除非董事長有特別交代，是不往他家裡跑的。

一家四散患難中

梅：

產期將近，一切都準備好了吧？你決定住院接生，可靠，我可放心了。還要保持精神安寧才好。上月萌的信真叫我擔心。學習工作都可以自由發揮，但情緒斷然發揮不得。要是萌把如此的信寄回家，恐怕要刺媽牛性再發，你也免不了要受到影響。萌的能力是不錯的，糟在沒有耐性，感情衝動，時常要鬧風波，以致家庭不能安靜。這是很危險的。希望你好好控制他的脾氣，讓我安然度過此最後一個年頭。

最近的提筆都是為你們的生活安定和安全設想的，工作不固定就有把扶養祖母的諾言，變成空頭支票的危險，萌不能接受也罷了，無需如此大發牢騷。一家四散患難中，最要緊的是精神的安定，學術、事業的成就還在其次。你們住得遠遠的，只要保持冷靜，一定說得通，媽也不能再找萌的麻煩的了。你們一定可以自由發揮。建要負起家庭責任來了，為平衡家計，去大榮比去大同好[1]。

祝

平安快樂

四十九・三・五

1 為了沉重的家計，楊建不自覺地認為大榮比大同好，所以就留在高雄。

需要安全穩定的家

建：

郵包收到，為什麼不寫信呢？媽、妹們自十五日到高雄以後，至今二十多天了，也完全沒有音信，是否平安回家了，真叫我擔心。如此叫我坐立不安，晚上睡不著覺，寄來再好的補藥也補償不得身體的消耗。快快把詳情寫來吧。

家庭重建計畫，萌既不合作也罷了[1]，等我回去再說，你們也不必為此操心了。萌說要自由發揮，就讓他試試滋味也好，叫媽不必再管他了，要是他說什麼逆耳不愉快的話，也不要理他。既然不能合作，各走各的路好了。我們需要一個安全穩定的家，你向此一目標努力工作就成了。你的新職務[2]、工作情形如何？會不會太吃力？快快寫來告訴我，不要讓我擔心。

祝

平安快樂

四十九・三・五

1 楊資崩常以祖母已八十多的高齡為理由，不願離開北部。

2 楊建是三月一日向大榮報到。

有勇氣面對現實

建：

郵包兩件和信都收到。你遲延寫信的理由我覺得並不充分。心裡有什麼苦惱，都可以照實寫來，這樣心情才能輕鬆一下，也不致讓爸亂猜一場，心裡不痛快。媽、妹們回去一個月了，至今還沒有來信，是不是出了什麼事？或是大哥給你們什麼難題？無論什麼天大的事，我都有勇氣面對事實的，可能也有辦法幫你們解決的。

不要陰蔽著拖，那將會碰到更大的困難，甚至失掉解決的機會。理想家庭的建設，將會碰到許多障礙是意料中事，不必灰心。尤其大哥的情緒不好，思想混亂，暫時可能無法合作，這也沒有關係，我們可以慢慢來。總有一天，至遲在我回去以後，一定會回到正軌。他情緒不好，可能說些不愉快的話，也不必介意，終有一天，他會認錯的。他說在新北投附近找到土地[1]，如能租到，就請媽給他籌備一點資金。

祝

好

四十九・三・十二

---

1 楊資崩在台北困境時，經常就是找朋友介紹土地。

長遠計畫的開始

陶、建：

萌無法合作，還是讓他自由發揮吧！房地賣成功的話，留些給他做本，五塊厝農地按下不要進行[1]。

絹：

八日的信收到，回台中後，費二毛錢、五分鐘寫一張明信片就可以讓我安心快樂的，你們偏偏不做，害我擔心整月連夜睡不著覺，瘦了幾公斤肉，實在費解。

萌：

十三日的信叫我整夜不眠、想不通，現在腦筋迷迷糊糊的，身體已經支持不了。高雄農場你沒有信心，不必勉強，要是三月兩月就鬧意見，出走，經濟上的損失不說，精神上的打擊也是受不了的，一個家可能因而毀滅。「無地花園」[2]是想種在空中嗎？台北找不到地是你自己說的，在高雄，我的計畫是多種果樹，庭木、草花不必太多。南部樹薯渣便宜，鵝鴨、奶羊可以多餵一些，以求自給，頭一年要透支是沒有關係的。一年後我回去了有多方面的發展計畫，秀俄一家、祖母都可以接她們來同住，這計畫媽、弟妹們都贊成，不是為了發財，是一個長遠計畫的開始。

要是進行中與媽的意見不合，你只要冷靜同她說，我想她是會接受的。假如她不接受，你可以告訴我，我一定有辦法說服她。只要你能壓下你的脾氣，耐心工作一年，我相信以後是很有趣的。

你好好想一下，要是沒有把握忍受這一年，那就在未開始前說明白，乾脆走你自己高興的路，才不致愈鬧愈糟。

梅：

妳的信我很高興，為了你們的安全，為了嬰兒的健康[3]，以上半耕半讀的計畫你能贊成嗎？台北已找不到地，就求其次，高雄也是不錯的，你能到高雄來嗎？

祝

安好

四十九・三・十九

1 楊逵認為楊建是學工的，關於農園重建的事，假如楊資崩不願合作，恐怕沒有信心，因而要楊建放棄籌備土地的事。

2 楊資崩在台北一心一意想有塊土地種花，但是找不到適當的土地，經濟條件也沒有，所以他的理想被楊逵比喻為「空中花園」、「無地花園」。

3 蕭素梅已分娩，產下男嬰，楊逵為他取名蕭天進，後來楊資崩將他改名為郁宏。

我的心是破碎了

萌：

十三日的信叫我整夜失眠想不通。我的身體已經支持不了，沒有氣力再嚕囌。你沒有信心，不勉強。要是三月兩月又鬧情緒，出走，經濟上的損失之大不必說了，精神上的打擊是受不了的。一家將因而毀滅，我們也將無再見面的日子，不如未開始前就乾脆打消。我的樂觀精神和天進給我的高興，都被一筆勾銷了[1]。

梅：

你的信真叫我高興，但不到十分鐘，就被萌的信打入地獄了。他自己說找不到土地，卻又幻想著「無地花園」的好處，藉口說人家害他的，要他做傀儡，這樣胡鬧真叫我寒心。你要好好控制他的脾氣，為你自己、也為下一代。我的心是破碎了，沒有希望了。

四十九・三・十九

1 可能又是楊資崩一封沮喪、消極、自卑的信，惱怒了楊逵抱著即將出獄重建家園的信心，平常他是不輕易發脾氣的。

有一次爸爸發瘋了

陶、絹、碧：

只要花兩毛錢，五分鐘，一張明信片就可以讓我安心快樂的，你們卻不做，害我擔心整月，連夜失眠，瘦了幾斤肉，論罪該打屁股。好得天進早幾天帶來了歡樂，不然的話我是決意辭職的了。茲宣佈特報，辭意取消，打屁股也免了。但瘦了的肉非補償是不行的。

罰你們親手生產的火雞兩隻，羊奶二升，雞鴨蛋二十枚，明年四月我要帶天進爬山玩樂時野餐用，你們可以陪天進來，但吃喝都要得到天進的特准。想吃個痛快，就先要巴結巴結天進的呀！

萌：

你的信叫我氣昏了，損傷健康不少，論罪也該打屁股。因你為天進洗尿布、洗澡，服務周到（這是梅為你說情的），茲將功補罪。打屁股免了，但要罰你親手生產的葡萄酒和水果各二十斤。你的吃喝不受限制，因為天進一定會袒護你，我的命令可能行不通。

梅：

你應記功一次，你把經過情形報告得有條不紊，經常體貼每一個人，造成了溫暖和平的氣氛有功，這次又特別辛勞，獎你天進的開心吻一次。

萌：

你已經做爸爸了，為了自己歡樂，也讓大家歡樂，尋開心的孩子脾氣雖可保留（我是保留著的），但應學習冷靜耐心。可能叫人擔心、或者不愉快的胡鬧孩子氣，應該用心剷除。

梅：

你高興半耕半讀，家人多數也是這樣的，應該合作好好把我們的天進農園[1]建立起來。等我回去，一定有辦法把祖母請出來同住。我當會待她如我母親一樣，你媽會說會笑，一定能夠給祖母帶來快樂的晚年，不要擔心。

陶：

秀俄已經搬到台北了[2]，我想他們的生活一定很不安定，趁這機會應赦免她過去的錯誤，叫她回家團聚，讓她參加我們的農園建設。為了孫子們的安全健康和進步，你應該這樣做。孫子們是無罪的，不是嗎？

天進：

你這個小小的生命，給我們帶來了一片歡樂，扭轉了家庭危機，我將為你準備一支「天進之歌」讓大家合唱。

建：

天進帶來了一片歡樂，我們談過的理想、計畫，實現的曙光快要看到了。要是你的心曾受到刺傷，現在都要丟到腦後了。大家應該互相原諒，互相赦免。把精神提起來吧！

親愛的陶、親愛的孩子們：

我寫完這封信，覺得非常快樂。前天寫了一封擱置了，昨天寫了一封又擱置了。因為好幾天來，連夜失眠，情緒非常惡劣，第一封可能叫你們跳起來，第二封可能叫你們痛苦一場，現在不寄了，只可留作後日，為「有一次爸爸發瘋了」的故事當笑料。

每一個人都有優點也有缺點，單單數著其罪，刺痛人是不好的。我們應該鼓勵優點，造成和氣快樂，協力並進。我們都應該修養，爸也正在修養。

祝

平安快樂

四十九・三・二十

1楊逵心情開朗時即幻想著他那重建家園的計畫。因為天進的出世，他又把新重建的花園幻想為「天進花園」。

2楊秀俄由花蓮搬到台北漳州街，與楊資崩鄰近。

我正站在深淵崖上

梅、萌：

你們說要回台中一趟，天進一定會受到家人的熱烈歡迎。這樣的氣氛應該珍惜，讓大家在歡樂安定中度過離散傷心的最後一年吧！我很清楚媽的個性，以及十一年來她在寂寞不安定中給你們帶來的委屈和艱難。但無論如何，一定要再忍耐一下，讓我安然度過這最後一年。只要我能保持健康回去，你們的委屈一定能得到補償，困難問題也都可以順利解決。於台北種花固然有不少好處，但既找不到土地，空中花園是搞不成的，再迷戀固執也無用。在高雄媽找的土地，詳情我也不知道，如不適宜，可以另找。要是找不到更好的，就應該將就一下，明年再說。只有一年，能夠安靜暫時維持一下就行了，貼一點本錢也無妨。

梅喜歡半耕半讀，為小孩的健全發育，也不能再到處奔波了。好好同媽協調一下，有什麼意見，可舉事實冷靜和她商量一下，可能會講得通。要是講不通，你可以寫來告訴我，我一定有辦法說服她。這樣不再刺她發脾氣，弟妹們可以放心，也是我最大的安慰。我不期望你們發財，我需要的是精神的安定，不是物質的享受。我是神經質的，多操煩的，要是給我太多的擔心，把身體毀了，那就一切都完了，還有話說嗎？現在的我正站在深淵崖上，安否全要看你們了。

四十九・三・二十六

空中花園是虛幻的

建：

信和郵包都收到，你的工作已入軌道，絹、萌來信也說，大家平安無事，我很欣慰。萌說下月中要帶嬰兒回台中一趟，似已決意參加農園工作，能這樣下決心就好了。快把土地情形詳細寫來，以便研究一下。我近來失眠太久，感冒也遲遲未能恢復，多花一點錢，現在轉好了，決心想好好利用這一年時間，多做些整理工作，多寫些東西，需買幾本書和筆記本。領薪水時多寄一點錢來。

萌：

二十六日的信收到，你的情緒已安定一些，我很欣慰。高雄的土地[1]你可以去察看一下，如不適宜，可以另找。要是沒有更好的，就該勉強一下，不要耽誤時間；有什麼難題，都可以平心靜氣商量一下，不能解決的可以寫來，我一定有辦法向媽講明白。台北已找不到土地，空中花園是虛幻的，不要迷戀。梅是高興晴耕雨讀的，為了嬰兒的美滿養育，和我回去後的工作方便，農園環境也是最好的。基礎弄好了，秀俄也可以安置一下，她孩子那麼多，在台北奔波不是辦法。十一年來的苦難都忍過了，到了最後一年，一定要再忍耐下去，等到回去一定能幫你們開拓你們稱心滿意的道路。

好祝

四十九・四・一

1高雄方面，楊建也只多方面在籌措、察看而已，因為種種因素，並沒有特定合意的土地可作談判。

建立一個理想的農園

建：

三十一日的信收到。不必急。房地等有人肯出相當價錢時再賣[1]。就是暫時賣不掉，理想的農園還是可以進行的。我的身體還有一點虛弱，想買些鵝蛋補一下，領薪水時多寄一點來。

梅、萌：

二十六、三十一日的信都收到，只要不再惹媽發脾氣，大家能平安快樂度過這一年，我就可以放心了。房地賣不掉，你暫時還是做木工[2]維持一下吧。八月底有一位朋友會約你去白河（關子嶺附近，自然環境很好）看土地[3]。他有三十幾甲（有山、有園）的共業，可以合作，也可以請他們讓幾甲給我們經營。詳細情形到實地察看商量一下。這地方離城市較遠，自然不合種植零賣草花。不過，果樹、果樹苗和菊花、花菖蒲等的大宗生產及種苗球根的生產是可以的。更可以換些飼料餵雞鵝。因不零賣，倒比在城市種零賣花草有時間來看書寫作，對於我們的整個計畫來說也許是更適宜的。祖母的扶養問題不必介意，只要把一個理想的農園建立起來，我一定有辦法請她出來同住，讓她快樂享受晚年。大姊自然也可以安置的。

祝
好

四十九・四・八

1急著要出售台中的土地並非易事，且價錢又將會吃大虧。
2楊資崩在台北土地無著落以後，曾經營建築木工工作，沿街叫賣修理門窗玻璃。
3白河有一個醫生呂水閣先生，是楊逵在綠島的同學，他八月底刑期滿，又看到楊逵一直在為家裡找土地的事煩心，所以建議提供，但日後楊資崩並沒有去找他。

興趣是進步之母

建：

二十三日的信和兩百元都收到。我們這裡決定五月上旬再開運動會，為了提提精神掃除不好情緒，我決定再參加一次。兩星期前已經開始練習，每天提早起床，在早餐前跑五千公尺，出了滿身臭汗之後，殊覺身心爽快。感冒鬼已嚇跑了，晚上也睡得好一點，三餐食量都有增加，營養也補給了，很快可以復原的，放心好了。萌既可以做木工暫時維持，農園建設慢慢來也好。土地常探聽，有機會找找看是好的。我多位朋友也說出了他們所有的多處候補地，待我回去後，大家一塊去實地察看之後，再做決定比較妥當。萌的脾氣很怪，未經與他商量就安排下來的事，他都要意氣用事找小毛病，很不滿意的。脾氣是難改的，不過這也無妨，我們就尊重他的意思以求協調吧。

你對你的工作崗位既覺得滿意，又有高度興趣，很好。興趣是進步之母，與人能相處得好恰似添了手足，我相信你的決定是不錯的。

四十九・四・二十二

不要把人家記恨記仇

萌、梅：

你們已帶天進回台中，讓家人高興一下，我很欣慰。世界上的人沒有一個是完整的，誰都有缺點，也有優點，你我也都是一樣。錯誤是任何人都有的，不必灰心，也不要把人家記錯記仇。互相糾正，互求協調，才可以過得快樂一點，也才能互助合作求得進步。開農園的事，我同許多朋友談過，得到了很大的支持，八堵、台北孔廟附近、關子嶺等多處有朋友的土地[1]，待我回去，我們一塊實地察看之後再做決定。你的木工既有進步，就暫時勉強維持一下吧。天進發育順利我很高興，只要沒毛病，愛哭一點沒關係。找機會照一張相寄來。

俄：

你們搬到弟弟旁邊，可以互相照顧，很好。不好了一個孩子[2]，自然痛心，但過去的事，再苦悶也無用，應想開一點。

等我回去一定能夠建立一個比首陽園[3]更美好的環境，讓孫子們得到更美滿的養育，媽對你的成見也會改變的，放心好了。

娟、宗[4]：

你們都很有進步，公公很高興。等到明年，公公會同你們玩得更快樂的。公公每天跑五千公尺，準備下個月參加運動會，你們能跑嗎？明年我來試試看，不要輸公公呀！

祝

平安快樂

四十九・四・二十九

---

1 揚逵的刑期越近，他要楊資崩找土地，要楊建找土地，他自己也請同學找土地，滿腦子裡就是為重建農園的計畫在著急。

2 楊秀俄的次女因為白喉症不治而夭折。

3 楊逵在約三十歲時因得了肺結核而病倒，又他所主編的《台灣新文學》等刊物被查禁，因而開始在台中租地耕耘種花，取名為首陽農園，以實現他「窮隱處兮，窟穴自藏。與其隨佞而得志，不若從孤竹於首陽」的堅定意志。

4 葉嬋娟，楊秀俄之長女。葉宗能，楊秀俄之長男。

又一面錦標

絹：

好久沒有來信了，你們都好嗎？很念。

我們的運動會已經結束，我照樣參加了游泳和五千賽跑，成績都有進步，領到了很多獎品，又一面錦標。特別可以給你們高興的是這一段練習期間，吃量增加睡得好，體重已回到五十公斤（增二公斤）了，長期感冒也好了。你們的運動會如何？你的貧血症好一點嗎？要給醫生檢查原因，快快治療才好。

媽的身體好嗎？妹妹的學校生活怎麼樣？

大哥說上月中帶天進回台中住了一週，你們都玩得很快樂吧？

四十九・五・十四

你太天真了一點

絹：

兩封信都收到，你們都好，我很欣慰。你說時常碰壁，人生在世間，這也是免不了的，不必介意。不過，盡量想辦法避免也是必要的。我想，你心直嘴快，太天真了一點，也許有時候會講話傷人而不自覺，該檢點檢點。請媽媽想辦法轉勤，如能這樣換換環境也是好的。

四十九・五・二十

以後可以過得更充實

建：

寄來《人類的故事》一書已經收到。有不少想看的書，以後可以過得更充實。又一個月沒有來信了，很念。是不是有什麼不痛快的事情困擾著你？如果是的，這樣苦悶是很難受的，應該快快想辦法把它打消。

你曾說現在的工作很有趣，與朋友相處也很好，那麼碰到了什麼問題都應該寫來告訴我，以便研究解決辦法。一個人悶在心裡是不衛生的。

祝

精神快樂

四十九・五・二十七

有時間多看一點書

建：

五月底寄來的錢和《人類的故事》一書都收到。你們都好，我很安慰，我的身體也很有進步。現在並不需要什麼東西，如經濟不太困難的話，按月寄一點零用錢來就可以。

同封寄去照相兩張，是跑五千公尺的紀念。你工作時間不太長，有時間多看一點書很好。

四十九・六・三

慢慢想辦法

萌：

梅的祖母一個人住在羅東，自然很不放心，你們的困難我很清楚。但除了想辦法把她請到台北來同住，我想不出有什麼辦法來解決你們的困難。慢慢想辦法，把她請到台北來吧！這樣她可以受到充分的照顧，你們也不致因此陷入工作上的困難。現在身邊有一個嬰孩，像從前你們在羅東做的那種深夜擺攤生意是吃不消的，對於嬰孩的養育也不適宜。

四十九・六・三

幻想是搞不通的

陶：

秀俄和外孫們來信說，你們到台北同他們住了三、四天，高興得不得了。十年多了，這女孩子吃的苦也夠了，一向我都很擔心。你這次做得很好，你原諒了她，叫我很感激。你說素梅要去當事務員，嬰兒誰來看？

如能找到裁縫工作在家裡做，幫她買一台縫衣機，讓她和秀俄公用，可以在家裡工作，同時看看孩子多好。

絹：

三十一日的信收到，爸有爸的想法，別人（每一個人）有別人的想法，都不相同，現實社會就是這樣，看不順眼的多得很。你要在社會上做事，就先要承認這個事實，幻想是搞不通的。不必怨天尤人，盡量想辦法，努力與人相處得好是快樂生活的第一個條件。你想教兒童文學、寫讀書心得是可以的，在他們讀過一篇文章之後，你可以先向他們發問……讀這篇文章有興趣嗎？什麼地方最高興？什麼地方不能瞭解？或是沒有味道？慢慢談到故事中的各項具體主題，然後叫他把他同你談過的寫出來。寫出來後，再指示他什麼地方寫得不通，或者不通順，讓他自己去整理思想，熟練表現技巧……這樣便可以發現寫作的興趣，進步可能會很快的。

四十九・六・十

阿嬤一定開心了

親愛的梅：

七日的信收到，屁股免打了，因為你有充分的理由。不過，我還是希望你們常把生活情況寫來告訴我，這是我最大的安慰。忙不開的時候，用明信片簡單寫幾字也可以。我正在盱望著天進的照相。

你們的困難，我是可以想像得到的。帶一個嬰兒找工作，不僅人家不歡迎，實在要到外面工作，有各種的困難。是不是可以找些縫衣工作，或是手工藝在家裡做？我曾聽人家說用機器織毛線衣是不錯的，如能找到這類工作，可以在家裡與姊姊合作，嬰兒的照顧也比較方便。祖母一個人留在羅東，我也不放心，叫她搬遷，她又不願意，最好還是找機會把她騙出來玩幾天，想辦法把她留下，慢慢讓她住慣。我自運動會以來，身體已經回復正常，放心好了。

親愛的俄、嬋娟、宗能：

你們的信都收到，阿嬤去同你們玩了幾天，很好。阿嬤一定開心了，我也很欣慰。

祝

安好

四十九・六・十七

我得了第一名

建：

七日、十日兩封信和一百元都收到。你既沒有什麼不愉快的問題，大姊和外孫們又來信談起你媽去台北同她玩了幾天的情形，我很欣慰。只要這樣，我定能飽食安眠，把身體鍛鍊得更好。運動會後，每天游兩三百米是我不易的日課，現在不僅蛙式游得很好，自由式也學會了。《人類的故事》寫得不錯，只因我疏遠了三十年，有點生疏，要看兩三次才能抓住大意。你們應該維持每天一小時的工夫，才不致要用它時太吃力。台北撫順街中國郵報社有出一種《華美週刊》，三個月十三期二十元，為維持學習不中斷，訂一份定期刊物是很有幫助的。你看過了按期寄給素絹、阿碧，叫她們按期看完，隨時寄來給我。

雜誌隨便看過就行了，不必精讀，只要按期看過，連續不斷，看久了就會熟的。上次欠一張相片是我跑完五千米，在領獎的鏡頭，臂挾一大包獎品，手拿一面「自強不息」的錦標。有福利社的特贈，是所有獎品中最大包的。這次不便寄，將來帶回去給你們看就是了。還有水中尋寶、同年輕人比賽，我得了第一名。

祝

安好

四十九・六・十八

人生最要緊的東西

親愛的碧：

來信收到，你在手工藝方面已發生了興趣，這次展覽會的成品一定做得很不錯的吧？

如再要什麼樣的貝殼，寫信來，我將想辦法收集一些寄給你。二姊說你近來交了一個很好的朋友，時常互相勉勵，對於讀書也提高了興趣，爸很高興。

絹：

在時常碰壁中，你還堅持職責和理想，我很欣慰。這條路雖然很遙遠，彎彎曲曲難走得很，卻不必灰心。一分努力一分收穫，這句俗語似不能表現實在的情形，我們時常碰百分千分，甚至萬分的努力才得到一分收穫。路差不多沒有一條是直線的，所以需要運用從累積的經驗得來的高度智慧，才能走得通。任何困難，只要我們不灰心懶意、有耐心，結果就算失敗了，也會加強我們的意志和智慧的意外收穫，這是人生最要緊的東西。

祝

精神快樂

四十九・六・二十五

用實力趕上公公

親愛的孫兒[1]：

二十日的信和相片二張都收到，我們藉相片已經見面了，這封信可算是見面禮，祝你天天進步。你的兩位祕書[2]竟能把你的「咿呀咿呀」，譯成這麼生動有趣的信，真叫人羨慕。來信拿到手，很多伯伯們便圍攏來，搶著看，看了一張搶一張。還有許多搶不到的，都伸長了脖子爬在肩膀上瞧呢！

大家看得津津有味。

公公猜想，一定是你的信喚起了他們甜蜜回憶，也許還點燃了將來的期望。

可不是嗎？你期望很快能夠同公公見面，要公公帶你去爬山游水，這樣的快樂團聚誰不盼望。

好哇，時間過得真快，不久大家都可如望以償了。

你叫祖母和大姑媽言歸於好，功勞的確不小，還把曾祖母請來就近照顧，讓爸媽可以安心工作，叫公公也丟下了一塊心上大石頭，這功勞更大。

你得繼續逗她開心，讓她一刻都離不了你，她便會決心與你們長久同住。這樣，你的祕書們便可無後顧之憂，而提起精神來替你做文章了。

爸爸大壞蛋，實在該罵，怎麼可以用鬍子來刺痛你軟軟的蘋果頰呢！你得嚴厲警告他一下。如自己懶得修臉，就該請媽媽替他修，要不然呢，叫公公用鐮刀像刈茅草一樣給他刮鬍子，那就不太好受的了。

不過，爸爸曾來信抱怨你愛哭，你也得當心。人家都說嬰兒哭叫是一種運動，公公是愛運動的，自然支持你，可是運動是在白天做的呀，怎麼可以三更半夜運動起來，吵得爸媽不能睡眠，以致白天沒精神工作？逗人笑笑的調皮是可以的，逗人苦惱的調皮可不行，因此挨打小屁股，公公是不能袒護你的啊！

你常常弄髒被墊，是你還沒有學會跑廁所，不能怪你。只怪媽媽不買一塊尼龍布鋪在你的被墊上。沒錢買的話，就教祕書把你這封信推敲一下，謄寫寄中央副刊，也許可以換來一點錢買。媽既可免洗得不耐煩，你的屁股也就保險不會挨打，題目可用「向公公報到」。

你說你愛看東望西，欣賞一切景物，覺得一切都新奇，很好。繼續深入觀察，牢牢記在心裡，再教祕書們把它詳細記下來。愜意的、不愜意的，都不可忽略。

人的一生，風浪是日常的事，不可能經常逃避在溫室裡。有的時候在酷寒炎暑狂風暴雨中鍛鍊自己，培養堅毅的精神和強健的體魄，才不致長大了驚惶失措。

前封信寄去幾張相片，是公公參加游泳比賽和跑五千公尺的，公公一直還在水陸兩方面力求進步，得到了兩項第一名，一項第三名，還有一面「自強不息」的錦標哩。你既學會了翻身，再來學爬、學坐、學走、學跑，用實

楊達（前排右）終於與離散的家人團聚。圖中為蕭素梅的祖母，懷中抱著長孫天進。

力來趕上公公吧！

祝

精神快樂

四十九・七・一

1 楊逵的長孫蕭天進（蕭郁宏）。

2 楊資崩與蕭素梅常以天進的名義向爺爺寫信報到，所以他們兩人就是天進的秘書。

短簡

陶：

做了九本照相簿，將寄八本回去，分發給小孩們吧！

四十九・七・七

父親不在家的艱困年代，一家人都被迫面對生活的各種問題，無一倖免，只能相互取暖。圖左至右為楊素娟、葉陶、楊資崩、楊建、楊碧。

不可過度辛勞

建：

七月十三日的信收到了，因為你近來的信都太簡單，我始終搞不明白你的生活情形。記得你曾說過工作八小時，有相當時間可以看書，現在為什麼又要常趕工到半夜呢？身體和學習要緊，不可以過於辛勞。是不是老闆又開出了空頭支票？這樣的虧我們吃得太多了，你在台北當他家教時也已有經驗，應該跟他講現實，才不致再上當。

我雖然容易疲倦，但身體是不錯的，放心好了。為利用回去前的這段時間，想把腦子裡的這些東西整理一下，正在加緊工作。

現在，你的收支情形怎麼樣？是不是按月定期領薪？要寄錢最好按月定期寄來，途中遺失時才容易調查。因為船的關係，信的來往，常要費一個多月，很不方便。

我吸煙已減了一半，只因天天吃饅頭，沒有糖水，吞不下去，每星期要買一斤糖，和其他報刊費、郵票、草紙、肥皂、牙膏、筆記本等零用，每月百元就夠了。但你的收支如不能平衡，就不必勉強，只要事先告訴我，這些零用是可以調節的。

為履行與妹妹們之約，順便做了九本照相簿，將寄八本回台中，你們每人都有份。買材料和照幾張相，換錶的發條，赤字百元。

但這樣特別開支將不會再有吧。

你說碧利用暑假當小老師，這樣經驗一下很好。

祝

安好

四十九・七・二十二

練習寫些東西吧！

梅、萌：

相片三張都收到。天進長得多胖呀！調皮的臉跟萌小時候一模一樣，真可愛。

你們祕書們替他寫的信也生動有趣，我七月一日已回他一信，寄漳州街[1]，是否收到了？信到時，也許你們已經搬走了吧。

我曾到過石底煤礦住了一個星期[2]，水聲潺叫以及其他情景都可以想像出來的。坑外的工作沒有危險，在這樣地方住一段時間，看看書多思索是不錯的。利用時間練習寫些東西吧，寫些現實的觀察（如你們替天進寫的信），可以促使觀察的深入，也可以把零碎散亂的經驗和智識整理成有條理的。為了加深瞭解人生、處理人生，也很有益處。

祝

好

四十九・七・二十六

1 楊資崩在台北做木工時住在漳州街。

2 據楊逵說要瞭解礦工的生活狀況，作為寫作體裁，曾被派到石底煤礦住了一個星期。

別期望空頭支票

建：

七月二十一日的信與百元都收到，如你們領薪日期是一定的，最好也按月一定日期寄來比較方便。

工作有時忙一點當然沒有關係，但如你所說那樣經常的忙，甚至於趕不完，那恐怕會影響學習與健康，你應同老闆講明白。不要期望他的空頭支票。

據報八一水災相當嚴重，家裡情形怎麼樣[1]？這裡沒有什麼。

祝

好

四十九・八・六

1 繼民國四十八年八七水災的第二年，在中部又發生了八一水災，還好家中並沒有受到太大的損失，但台中市街卻水深四、五十公分。

公公永不想偷懶

天進：

七月二十二日的信收到，你天天都有進步，公公很欣慰。八一、八七兩次颱風，據無線電廣播都相當厲害，你們受驚了吧？情形怎麼樣？這裡雖也有警報，也提防了，卻沒有到這裡來。

三星期前，公公又患了感冒，自本年四月以來，不滿五個月，中間已經三次，每次兩三星期，算起來佔了我一半時間，真傷腦筋。

這次醫生給我檢查小便，發現是「肝的機能衰弱」。這雖不算是病，但可能是常感疲乏和容易感冒的原因。公公有很多事情要做，永不想偷懶的，但肝卻偷起懶來了，真叫我沒有辦法。醫生給我開了兩種藥，相當貴，又要經常吃，要間斷實在不好辦。

每次斷了煙而開始哈息的時候，公公便想起你那兩支雞腿。要是公公有一支既甜蜜又可解癮，而永遠吃不光的雞腿，那多好呀！

祝

平安快樂

四十九・八・十二

培養理性 克制衝動

碧：

七月十七日與八月二日的信都收到，這次颱風家裡卻平安無事，很欣慰。這裡我們得到警報之後，雖然嚴加戒備，颱風卻嚇跑了。你利用暑假做了托兒所的小老師，好像受了很大的氣，但這是一次寶貴的經驗。與人相處是社會生活起碼的條件，無論與老的幼的或是同年輩的，一般習性與脾氣都不大相同，要在其中相處得好相當困難的。雖困難，卻也是人生逃不掉的事情，所以要想得到永久的快樂，就必須耐心學習怎樣與人相處。

你說作業太多，沒有充分時間溫習學校的課，慢慢來吧！學習是一輩子的，不必太急，填鴨式的沒有用。

絹：

又好久沒有來信了。天進來信也說你沒有回他的信，很失望。人固然是感情的動物，但如果不好好培養理性來克制衝動，那將是自討苦惱的。你曾說你覺得舉目無親，卻對同你最親熱的爸爸與姪兒的信置之不理，自己棄絕，這是何道理呢？我一向所關心的就是你們的平安和快樂。但為獲得永久的快樂，由衝動所要的東西可以暫時克制，一時的困難也應該忍受的。你專愛看動情的小說，也許是造成你這樣任性感情衝動的原因，暫時下苦工夫做一些培養理性的工作，如把翻譯專心貫注做一段時間，對於你也許是有益的。

陶：

照相簿收到了沒有？紅絨布如未寄來，不要寄了。強力胖錠或胖多錠（強肝藥）買二瓶寄來。

祝

安好

四十九・八・十二

我們的少年將會愛它

建：

這次感冒拖了一個多月，情緒非常不好，這是頭一次的經驗。四月以來不到五個月中間，已經感冒三次，佔了我將近一半的時間，顯然的，這不是單純的感冒。

最近醫生給我檢查了小便，才發現是「肝的機能衰弱」，算找到了常感疲乏和容易感冒的原因。

最近有一位霧峰的朋友，開始不知道病因，到病重了知道是肝病時，已經無救了。醫生說我的很輕，提早醫治的話是一點危險都沒有的，放心好了。

近來你不能按月寄錢，個半月才寄一次，我可以猜想你的收支情形是不理想的。但我想，我是可以想辦法的。只剩下七個月，再勉強一下很快就到了，多一點負債也是有限的，只要保持健康回去的話，再多的負債也是沒有問題的。

《人類的故事》我大概看過一次了，覺得相當有趣，正著手翻譯。只要情緒好轉，回去以前一定可以譯完，回去後，再找些東方的史例充實一下的話，我們的少年將會愛讀它的。

你的工作如一直那麼繁忙，就請老闆添人分擔，如工作時間太長，也應該請他採輪班制。不能因為是有趣的工作，就經常做到三更半夜，這樣會把身體累壞的。忙得沒有時間看書也是不行的。

祝

安好

LIPO-OHOL（利保康）總合強肝藥一瓶，「強力胖錠」、「胖多錠」各一瓶。價錢順便寫來，以便再要時做參考。

四十九・八・二十

你們都好嗎？

建：

一連幾次的颱風，交通斷絕了，好久沒有接到來信，你們都好嗎？

我的肝衰弱，借來胖多片吃，又借肝精針藥打了之後，已經好轉，放心好了。

醫生說，暫時可以繼續用這兩種藥；前信告訴你的其他兩種暫不必寄。

先寄胖多片四〇〇粒，肝精一瓶就好。

四十九・八・二十六

暫時忍受一下窮吧！

建：

來信兩封和兩百元都收到了，以後每月百元就夠了。

大哥到煤礦工作以後，精神上、物質上都安定得多了，不久將會分擔一點家裡的責任，暫時忍受一下窮吧。

據說，家旁醬油工廠附近的地價已經漲到每坪兩千元[1]，賣地事不必太急而吃虧。

借來的「胖多片」，已經吃了十多天。「肝精」打了三針，經過很不錯。醫生吩咐胖多片要繼續吃半年，每天兩片。看你的情形，分期寄可以，只要能接得上就可以。「肝精」大概打完一瓶（十針）就夠的，寄一瓶來還給人家就行。借來的胖多片是紙裝的（他說瓶裝的不好），如已買了，另買十張（八〇粒）以便還給人家。慢慢的可以，不必太急。看這幾天的經過，我有信心很快就可以復原的，放心好了。

《人類的故事》的翻譯頗順利。大概可以在預定期內完成。你的工作不必過分勉強。健康第一。

祝

安好

四十九・九・二

1當時楊建的月薪為一千二百元。

明年四月我就回去

碧：

八月二十五日的信收到了。你說不願意再讀這學校，是的，可能它有很多不能叫人滿意的地方。要是有一所比較好的學校，你想轉學，爸爸是贊成的。可是，現在並沒有這樣的目標，轉學考試之期又過去了，如果現在就停下來待在家裡，對於你的學業是不大好的。要不是有什麼不得了的事情，我希望你忍耐一下繼續讀到我回去。下課後好好準備明年的轉學考試。明年四月，我回去後一定能幫你找一所你有興趣的較好的學校。明年再說好嗎？

四十九・九・九

做事不能心性不定

建：

九月十一日的信收到，七月中百元、八月中兩百元及藥品四種都收到了。經過很好，我相信不久就可以回復正常，放心好了。醫生說：等下個月再檢查一次看看，是否需要什麼藥再說。

每月二十一日寄一百元，夠用了，我想不會再有什麼特別開支的。你的生活與工作都好，我很欣慰。但大哥的心性不定，做事不能耐心持久，東奔西走，真傷腦筋的。也罷，等半年我回去後再想辦法。他說已寄胖多片二五〇粒來，大概近日可以收到，這樣夠用了，不要再寄了。

我大概在十二月底最遲正月中，就可以拿到保單，請媽找一個保人提早告訴我，免得到時匆匆忙忙辦不好。（一共兩人，家人可以一個）

祝

安好

四十九・九・十五

下次中秋熱鬧一番

建：

來信郵包都收到了。胖多片已吃了一個多月，Comhex 也打了五針，還有葡萄糖等，經過很不錯。幸虧早期發現，能夠早期治療，我相信很快就會復原的，放心好了。

寄來的四種藥，我已開始按期吃用，到了十月中旬再檢查一下，看經過如何，是否再要，要什麼藥，才告訴你。要還給人家的胖多片，等那個時候一塊寄來就行。我沒有要的藥，不要買，買寄來如不合用就浪費啦。因為交通不便，我會提早告訴你的，有些臨時要用的，這裡可以借到，也可以買到，放心好了。

中秋快要到了，大姊、大哥都要回家，我想你也會回去團聚的。這次很抱歉，但下一次中秋，我就可以參加熱鬧一番。

祝

你們快樂

四十九・九・十六

阿碧說不願再讀她的學校，如不是什麼不得了的原因，勸她忍耐，繼續讀到我回去。那個時候，我一定能幫她準備轉學考試，讓她選擇一所她興趣較好的學校。現在就停學待在家裡是不好的。

公公的煙囪又冒煙了

天進：

你的第三封信已經收到，從這裡不僅可以看到你天天進步的情形，也可以看出祕書們的顯著進步，公公高興極了。

你愛吃餅乾，我們這裡常有自製的蛋糕，做得很好，本想寄幾塊給你嘗嘗的，只因為交通不便，常要耽誤時間很久，恐怕會吃壞了肚子，不寄了。還是請媽餵些雞鴨生蛋，做新鮮的給你吃吧。

一百元收到了，公公的煙囪又冒煙了，便有幫助工作效率。公公正在翻譯一本《人類的故事》，為想在回去以前譯完，正在趕工呢。這本五百多頁的故事是叔叔寄到的，相當有趣，譯完後，請祕書們唸給你聽好了。

公公的肝衰弱，吃藥打針之後已有好轉，藥，叔叔會繼續寄來的，相信很快可以回復，放心好了。

你的眼界天天擴大，寫信的內容也將會愈來愈豐富，愈有趣，這不僅是公公期望看的，也會培養你和祕書們的觀察力和表現力，對於你們的學習很有益處的。

至於你學走步，實在太早。你的骨髓還沒有長堅實，是很軟的，身體又胖，負重過度的話，會把腿壓彎的。凡事要適度，過度的飛躍就有危險。

請你的祕書們，把來信的底稿都保存起來。這是你寶貴的生長記錄，等你長大了，學會自己唸它的時候，一定是滋味無窮的，而且將來可以集成一本很有趣的書。最近台北出版一本《二哥》[1]，是一個僑居日本的十歲朝鮮小姐的日記，我看過了，覺得相當有趣。爸媽是否看過了？請唸給你聽聽吧。

祝

好

四十九・九・二十

1 此書是一個韓國女孩安本末子的日記。

身體不久就會回復

親愛的建：

九月十一日的信收到。七月中一百元、八月中兩百元及藥品四種也都收到了。經過很好，我相信不久就會回復的，放心好了。醫生說：下月中再檢查一下，看看是否需要什麼藥再說。

每月二十一日寄百元，夠用了。如這樣順利下去，我想，不會有什麼特別開支的。

大哥心性不定，什麼事都不能耐心持久的做下去，東奔西走，真傷腦筋。也罷，半年後，我回去可以想辦法。他說已寄胖多片二五〇粒，大概近日可以收到。這樣夠了，不要再寄了。

我大概在十二月底，最遲正月中就可以拿到保單，請媽媽提早找一位保人，免得到時匆匆忙忙。最好是住在台中市警察管內的。家人可以一個（一共二人），媽也可以，素絹也可以。

祝

安好

四十九・九・二十四

生活已恢復正常

建：

九月一日寄來的藥品四種，十六日的胖多片二五〇粒及二十日的一百元都收到了。這藥可以用到過年了，是否要別的藥，等檢查後，聽醫生的指示。

吃藥以前，好像力氣都沒有了，早晚的體操和中午的游泳都懶得做，那個時候實在有一點著急了。但是半個月來，生活已經回復正常，輕輕的體操和游泳並不覺得太累，我相信很快就會回復的，放心好了。

這兩三個月來，給你的負擔太重了，已花掉你整月的薪水，你的生活恐怕要受到嚴重的影響吧！看經過這樣的好，以後可能不要再買藥了吧！

祝

安好

四十九・十・一

不能一下子飛上天

天進：

二十日的信收到。你真不負公公的期望，天天進步，公公高興極了。進步是一點一滴的，不能一下子飛上天，還是足踏實地，一步、一步，來得確實可靠。

你爸爸的脾氣就是有一點不耐煩一步、一步走的，一下子就要跳上天，看不過一點一滴的進步，這是相當冒險的，常叫我擔心。

你的信，我自然會給你保存著。不過，要回去時東西太多是很麻煩的，是否能夠給你帶回去，可沒把握。

還是叫你的祕書們，用筆記本抄存起來吧。等你長大了，自己能看得懂的時候，這些你的生長記錄，一定是很有味道的。

一兩個月前，公公因肝衰弱，以致早晚的體操和中午的游泳都懶得做，實在有一點著急了。自從吃叔叔寄來的藥以後，經過很好，差不多快要回復正常了，輕輕的體操和游泳已經不會覺得太累了。明年一定可以完全復原，以跑五千公尺的精神，帶你去爬山游泳的，放心好了。你爸爸由高雄寄來的信和胖多片二五〇粒都收到了。

祝

安好

四十九・十・一

窮是不必畏懼的

建：

十四、十八日兩封信都收到，是的，只要不致窮到不能保持健康，或者因自卑感而心灰意冷，窮是不必畏懼的。我們的窮不是因為無能、偷懶，也不是浪費，其實是可以心安理得的。你已對這問題有充分的瞭解，而堅定了信心，是我所最高興的。

身體檢查的結果，證實了肝的機能確已改善，不需再寄別的藥品了。克勞酸可以吃到十一月底，而胖多片可以吃到二月底。到那個時候是否需要繼續吃，請教醫生之後再告訴你。

現在的情形比吃藥前實在好得多了。那個時候，體重減到四六公斤，早晚的體操手都提不起來，不僅游泳不敢，連在炎熱天洗澡都會覺得怕水怕風的。現在體重回復四八公斤，差正常雖還二公斤，元氣已經恢復了，早晚體操、游泳正常可以做了。最顯著的是，過去每次流行感冒都有我的份，而且是染得最早，回復得最慢的，最近的一次，幾乎隊上半數以上都染上了，我卻安然無恙。是的，身體是我們唯一的本錢，我經常在小心療養，相信能以完善的身體回去見你們，同你們協同工作，放心好了。

妹妹的心情我可以瞭解，我只怕上學中斷了而待在家裡，是不是會影響她繼續學習的興趣？

你的祝壽，我很高興接受了。當天有一位朋友抓了幾斤田雞，我們便買了幾把麵線、一瓶美酒，開了一次盛宴，過得非常快樂。下次當然可以同你們團圓，享受這樣盛宴的。

祝

安好

四十九・十・二十八

甫出獄的楊逵和長子楊資崩（左）、次子楊建（右）、牽手葉陶，攝於台中公園。

一次失敗 一次巧

天進：

十一月六日的信收到了，這一次你談起了你患病的經過，爸媽都很細心為你看護，你也耐心吃藥，忍痛打針，得以很快痊癒了，公公很欣慰。

人類自其萬萬代太祖阿米巴開始在地球上活動以來，億萬萬年，一直都是與艱難災厄搏鬥，戰勝了風雨、猛獸、毒蟲、病菌而進化的，你這次碰到的試煉，一定可以使你長得更堅強，更聰慧。就是地球上有風雨、猛獸，人類才會發明了可以安居的房屋。你這次病了，雖然吃了一頓苦，但對於防病與治病，你和爸媽們一定也得到了不少寶貴的經驗。只要認真接受失敗的教訓，而把它當作將來生活的指針的話，一切艱難困苦都沒有可怕的，「一次失敗一次巧」——惟有永遠不灰心的人才能瞭解這一句話的真意義。

公公的肝機能，吃藥、打針之後已改善很多，現在不再偷懶了。早晚的體操和中午的游泳，都回復正常了。再等四個月就可以帶你去爬山游泳，你高興嗎？祝你和祖母、祕書們

平安快樂

四十九・十一・十八

附錄

和平宣言——致楊建

吳晟

「一篇六百多字的和平宣言
換來漫長十二年的免錢飯
可能是世上最昂貴的稿酬」
你複誦你父自我調侃的語氣
年輕聽眾爆笑出聲
而我留意到你飄向遠方
難掩陰悒的眼神

一九四九，混亂的時局中
你父挺身而出呼籲和平
跨海來接收的政權
卻以機槍聲回應群眾
以逮捕回應你父，並刻意污衊
囚禁在被社會遺忘的角落

留給你們兄弟姊妹，四散流離
暗暗吞嚥屈辱的眼淚
生命圖景嚴重扭曲變調

時局悄悄翻轉
歷史給予你父平反
還給你父聲名
你只能做為解說員
榮耀你父的文學
宣揚你父的傳奇事蹟
沒有誰問你，如何還給你
至少免於驚悸的童年
至少免於歧視的青少年
至少免於困阨的中壯年

也沒有誰問你的子女
怎樣承擔家族
暗沉沉盤據的歲月陰影

當權與論要求你們
所有受害者及其家屬
學習包容，收斂怒目
學習寬恕，最好失憶
向下令加暴的集團繼承者
靠攏、求得和平
在不同選擇的爭議衝突中
家族成員因而裂離
各自形成一座座孤島
對望而相互怨懟

這一場集體大暴行
超過一甲子
加暴者匿跡無蹤
始終未出現，認錯認罪
甚至安享加暴的犒賞，傳給子孫
沒有誰向你解釋清楚

發生過什麼

你的眼光從無怨恨呀
只有悲鬱，只有
陣陣煙咳，一聲比一聲
蒼涼、一聲比一聲衰老
加暴者始終未出現
你確實不知該寬恕誰
即使握拳，也不是為了揮向誰

附記：部分詩句得自楊翠文章——二〇一三

孤島的行旅

楊翠

白色恐怖時期的殘酷、禁錮與驚恐，奪去了許多人的青春與夢想，粉碎了他們的幸福生活。政治受難者的苦痛不言可喻，受難者家屬的悲情，更是一生都無法卸下的馱負。

對於事件當時尚仍年幼的受難者家屬而言，苦難，一如魔樹的種子，從童幼年就深深植入他們的肉身與靈魂，發芽、長大、盤踞不去，霸道地成為他們生命的一部分。

在那個年代裡，我的父親與母親，也在年少時期就失去青春，失去夢想的權利，一生都必須與深植體內的苦難魔樹搏鬥。

一九四九年四月，楊逵與「和平宣言案」

一九四九年四月六日，半夜大雨，軍警包圍台灣大學、師範學院宿舍，黎明時分，向學生進攻，兩、三百名學生被捕，史稱「四六事件」。同日，我的阿公，四十三歲的台灣作家楊逵，也因「和平宣言」一案，在台中被捕，判刑十二年。

「和平宣言」一案，緣起於一份六百餘字的文件——〈和平宣言〉，是典型的文字獄案件。事實上，從一九四五年戰後開始，楊逵對國民黨腐敗政權的批判，不曾間斷，一九四六年的〈為此一年哭〉，批判貪官污吏、民生凋敝、言論控管。一九四七年二二八事件發生之後，三月二日即撰寫〈大捷過後〉，沿街發送，勉勵民眾團結，不可得意忘形。三月九日，同時發表兩篇文章，〈二‧二七慘案真相——台灣省民之哀訴〉，將事件清楚地定調為起義而非暴動；〈從速編成下鄉工作隊〉，更呼籲民眾組織行動團體、自衛隊、保衛隊。可見二二八事件前後國府政權的腐敗，致使向來主張和平主義的楊逵都認為，這是台灣人民挺身進行組織性武裝對抗的時刻了。

二二八事件中，楊逵和妻子葉陶都被判死刑，在執行槍決前一日，因為一道「非軍人改由司法審判」的行政命令，重新審判，逃過一死，關了四個多月。然而，出獄之後，一九四七年到一九四九年之間，楊逵與葉陶不曾退縮，持續發聲，創辦雜誌、出版書籍、積極寫作、串連各界朋友，展開戰後台灣文化重建的行動。一九四九年，楊逵與一些朋友組織文化界聯誼會，希望以文化的力量，促成政治的改革與社會的和平，他們草擬了一份宣言，由楊逵具名，油印二十幾份，寄給關心的朋友。宣言的訴求，包括還政於民、釋放政治犯、打破經濟的不平等、實施地方自治等。然而，訴求和平，卻招致罪名，被陳誠指為「台中有共產黨的第五縱隊，要把這種人送去填海」。

〈和平宣言〉

陳誠主席在就任的記者招待會宣佈：以人民的意志為意志，以人民的利益為利益。這是我們認為正確的。但是人民的意志是什麼呢？需要從人民心坎找出的，不能憑主觀決定。

據吾人所悉，現在國內戰亂已經臨到和平的重要關頭，台灣雖然比較任何省份安定，沒有戰亂，但誰都在關心著這局面的發展。究其原因，就是深恐戰亂蔓延到這塊乾淨土，使其不被捲入戰亂，好好的保持元氣，從事復興。我們相信台灣可能成為一個和平建設的示範區。

可是和平建設不是輕易可以獲致的，需要大家協力推進：第一、

國民黨當局當然有意擴大辦理這個案子，但經過漫長的審訊過程，楊逵不曾招出其他共同討論與起草的省內外朋友，這個案子最後只有兩個人被判刑，一位是《新生報》台中地區負責人鍾平山，至於撰寫宣言一事，當時罹患肺結核、咳血不止的楊逵，全數扛下。

〈和平宣言〉短短六百多字，為楊逵換來十二年的牢獄之災，即使是日治時期已有十次豐富牢獄經驗的楊逵，也認識到了「祖國」的真面孔。他日後回憶說，只怪自己對國民黨的了解太少，對現實情勢的判斷準確不足。

做為一個社會運動者，楊逵認知到，他選擇對抗，也要勇於承擔風險。然而，他的次子、我的父親楊建，沒有機會認知，無法選擇，卻必須承擔。那年他十三歲，青春迅即塗抹暗影。

一九四九年十月，董登源與「高雄工作委員會叛亂案」

對政治受難者家屬而言，生命的選項是單數的。十三歲的楊建沒有選擇，十一歲的董芳蘭更是無從選擇。

一九四九年，距離楊逵被捕六個多月後，十月十九日深夜，幾名黑衣軍警闖入高雄燕巢一處民宅，當時任職於中國鋁業公司、三十四歲的董登源，因「高雄工作委員會叛亂案」被捕，以「高雄工作委員會鋁廠支部聯絡人」的罪名，被判刑十年。這個案子牽連了四十六人，七個人被槍決。

請社會各方面一致協力消滅所謂獨立以及託管的一切企圖，避免類似「二二八」事件重演；第二、請政府從速準備還政於民，確切保障人民的言論、集會、結社出版、思想、信仰的自由；第三、請政府釋放一切政治犯，停止政治性的捕人，保證各黨派依政黨政治的常軌公開活動，共謀和平建設，不要逼他們走上梁山；第四、增加生產，合理分配，打破經濟上不平等的畸形現象；第五、遵照國父遺教，由下而上實施地方自治。為使人民意志不被包辦，各地公正人士須要從速組織地方自治促進會、人權保證委員會、動員廣大人民，監視不法行為與整肅不法份子。

我們相信，以台灣文化

「工委會案」是五〇年代最頻繁可見的案件類型之一。「高雄工作委員會叛亂案」被認定是由共產黨在幕後組織、策動的陰謀案件，在國家安全局的檔案資料中，此案被提升到著手實行的層次，它被描述為是「秘密組織小型武裝隊，相機展開暗殺行動，以擾亂社會秩序，策應匪軍登陸作戰」的「陰謀與活動」，因此，牽連甚廣，死刑也多。

董登源與楊逵不同，他並非知識精英，不是地方意見領袖，只是對機械有興趣，也有天份，在鋁廠工作時，閒暇喜歡玩弄機械，拆組收音機。他被逮捕那年，他的長女、我的母親董芳蘭，十一歲。我問母親，外公是因為玩收音機，被認為與匪方通訊而被抓嗎？她說不出所以然，只問，玩收音機有錯嗎？為了一個她自己也無法解釋的政治事件，董芳蘭不曾有過青春，失卻了生命的多重可能性。

事件之後的楊建

一九四九年四月六日，阿公楊逵與阿嬤葉陶同時被捕。中午，他們的次女楊素絹剛下課回家，兩個便衣就走進來，說想請他們夫妻去坐一坐。葉陶冷靜地說，等我炒完菜，讓女兒吃過飯，我們就去。便衣後來帶走了楊逵、葉陶，以及不到六歲的幼女楊碧，直到四月二十日，葉陶和楊碧才被放出來。父親楊建回憶說，我對這個日期的記憶深刻，因為那天是我生日，等了那麼界的理性結合，人民的愛國熱情，就可以泯滅省內省外無謂的隔閡。我們更相信，省內省外文化界的開誠合作，才得保持這片乾淨土，使台灣建設上軌，成個樂園。因此，我們希望，不要再用武裝來刺激台灣民心，造成威懼局面，把此比較安定乾淨土因戰亂而毀滅。

我們的口號是：

（一）清白的文化工作者一致團結起來！

（二）呼籲社會各方為人民的利益共同奮鬥。

（三）防止任何戰爭波及本省。

（四）監督政府還政於民，和平建國！

一九四九年元月二十一日發表於上海大公報

多天，母親與妹妹終於平安回家了。

阿公、阿嬤及小姑媽楊碧被帶走之後，音訊全無，大伯楊資崩與大姑媽楊秀俄也才初中，都到學校辦理退學，出去做工賺錢。父親楊建記得，當時大哥聚集了其他四個孩子，開家庭會議，將家中僅有的錢放在桌上，告訴他們，父母親不知何時才能回來，這些錢我們買米吃，只能吃幾天，買蕃薯省點吃，可以吃一個多月，你們想買米還是買蕃薯？孩子們在哭聲中決定買蕃薯。二姑媽楊素絹說，這以後，他們每日和著眼淚吃蕃薯，那些蕃薯的滋味，都是鹹的。

父親兩度面對父母被逮捕，見證白色恐怖魔爪的無孔不入。阿公楊逵被捕之後，進入漫長的審訊過程，便衣還是三番兩次到家裡來，詢問、搜查，一度把病中的阿嬤也強行帶走，又關了三個多月，直到那年冬至才被放回來。

家境本來就貧窮，如今更是困窘，親友大多走避，不敢相助，一向成績優異的父親，初入中學，面對家中困境，以及周圍眼光，產生高度的自卑心理，連上學讀書都失去動力。讀完一學期後，他決定休學，阿嬤葉陶一再攔阻，但他心意已決，不肯再去上學，只想幫著賺點錢，讓家裡好過些。

當時大伯每天清晨去批豆漿、豆腐來賣，父親心想，批貨成本高，不如自己來做。他們先是請一個師傅來做，一個月內，他努力觀察，小小年紀竟都學會了。此後，每天清晨二點開始，阿嬤、大伯與父親，三人徹夜輪班，磨豆、煮豆、瀝乾、製作豆腐，五點出擔，沿街叫賣。

父親回憶，正巧阿嬤娘家的一個親戚，他要叫表哥，來到家中寄住，這個表哥曾經留日，學過化工，對食品加工有一些知識，開始教這些弟妹們製作醬油、肥皂、洗髮粉、面霜等，一起沿街販賣。父親說，當時他們的技術很不錯，但是資金非常匱乏，產量無法增加，生意做不大，收入僅能維持日常所需。

除了豆腐、食品、化工，楊建與大哥還試過各種可以增加收入的辦法。鄰居的大人們，四、五十人結伴到山上去盜伐官有林木，聽過價錢很好，一百公斤相思材，可以賣到四、五十元，能換一斗米，他和大哥也去了。兩個小孩，骨架都還沒長全，學大人編草鞋，帶到山上穿。地點在台中市旱溪往東的深山裡，因為警察抓得很緊，大家相約，十一點在山頭集合，分頭砍樹，下午一點在「老鼠仔坡」集合，一人一擔依序走下山，不可以落單。兄弟倆清晨五點出發，走到山頭已是十一點了，一點下山，回到家也天黑了，雖然辛苦，但一天可以砍五十公斤的相思材，兩天就可以換一斗米。

盜採官木是違法的，警察抓得很嚴，帶他們去的大人警告，必須保持高度警覺，聽到警訊，就要趕緊逃跑，一旦落單被追捕，後果不堪設想，而且，屆時大家都要各自奔逃，也顧不了你們兩個小孩。父親還深刻記得幾次奔逃經驗，砍伐之際，聽到大人們高喊警察來了，趕緊放下工作狂奔，因為恐懼，在山林中跌跌撞撞，好幾度都以為這次肯定回不了家了。

下山時，一定要走渡旱溪。夏天，西北雨來得猛烈，溪水迅即爆滿，水流湍急，曾有一些擔材的大人被沖走，因此，一定要在下午四點以前過河，如果不能趕上一點的集合，不僅落單危險，還可能過不了旱溪，成為溪下冤魂，因此，每次下山都心懷恐懼。辛苦的還不只這個，穿草鞋也是苦差事。自編草鞋上山砍官木，一方面是因為沒鞋可穿，僅有的布鞋即使破爛，也要保護，需要時才有得穿；二方面，山路和溪河都不好走，就算有鞋，上山兩三次，怕也磨損得差不多了，很可惜。但是，自編草鞋使用的是自己採集的草，未經軟化處理，草質粗糙，兩個孩子沒經驗，不曉得必須先將草鞋浸在水裡泡軟，跑起來才不會咬腳。兩兄弟的草鞋，沒走多少路，就把雙腳磨破了，下山時，大家都在趕路，急著渡過旱溪，逃躲警察，因此，即使乾草鞋已將雙腳磨出水泡，滲出鮮血，痛得無法行走，但還是不敢停下腳步，只有流著眼淚、揹著重擔，繼續跟緊大人前進。

即使如此驚險辛苦，但是相思材的收入，比起製賣豆腐好多了，至少能補貼家中六口生活所需，因此兄弟倆一再冒險。直到有一日，在逃躲警察的過程中，一個鄰居被開槍打死了，阿嬤終於嚴禁兄弟倆再上山，他們才結束盜採官木的驚險歷程。

資崩和秀俄，從戰後初期開始，斷續失學過久，無法再回到學校，而本已決定不再念書的父親楊建，則被母親逼著，在初二時重返校園。即使經歷休學，楊建的表現仍然十分傑出，就讀台中市一中（現今居仁國中的前身），成績名列前茅，兩度被選為台中市小市長，但他卻因為制服破舊、沒有鞋子可穿而發愁，不想出席表揚大會，多虧母親的張羅，才讓他站上表揚台。

即使成績優秀，父親說，他也並不感到歡喜。因為，從少年到青年，他不僅被奪去父親的陪伴，生命中也失去很多選項。事件發生前，雖然家境窮苦，但阿公楊逵允諾送他到日本念書，正如楊逵小說〈送報伕〉中所寫，即使辛苦，但在那個禁錮閉鎖的年代，能夠走出去，就多了一扇可以自由呼吸的窗口。然而，父親被捕，這個夢想隨之幻滅，楊建的人生從此轉向，而他只能身不由己。

父親至今仍然經常憶起，那個讓自己失落青春、失落夢想的關鍵時刻，有一個巨大的力量，將他的世界整個翻轉，連他整個人，都被改寫了。原來樂觀進取、正面思考的楊建，被這個時代擠壓成為自卑閉鎖、負面思考的楊建。人們常說，選擇權操之在我。對一般人而言也許是如此，但對受難者家屬而言，卻絕非如此。表面上，他們的確有許多選擇的機會，但是，白色恐怖的幽魂，總是不斷干擾著他們的選擇。

失去積極的生命動能的父親，面對家境困窘，即使初中以優異成績畢業，也對升學失去想望。大哥大姊都退學了，自己如何能夠安心念書？因此他決心放棄學業，既沒有申請保送本校高中部，也沒有報考其他高中。阿嬤葉陶知道後，非常傷心，她一向堅持，無論如何辛苦，都不能剝奪孩子追求知識的權利，長女長子被迫失學，她很悲傷自責，接下來的一男兩女，說什麼都不能再犧牲他們的學業。所幸，開學前夕，母校台中市一中寄來入學通知，說他已達保送資格，請他去報到。

然而，下一次面臨選擇的關鍵時刻，父親終於被白色恐怖巨獸吞沒，做出了他一生中至為後悔的抉擇。一九五四年，升高三暑假，救國團舉辦一個營隊，前往蘭嶼探險，行程將經過綠島，因此他決定參加，可以到綠島看爸爸。營隊在蘇澳訓練三天之後，行軍到花蓮，突然宣佈綠島行程取消，直接前往蘭嶼。待營隊結束，在高雄解散後，楊建不甘心，便去找住在高雄的舅舅與阿姨，大家你一百我一百，湊了五百塊錢，讓他搭漁船到綠島。

這次面會，過程是愉悅的。一見面，父親緊緊擁抱他，從少年時期就與父親分離，為了生活，一家六口分住好幾地，因為獄中的通信限制，無法經常收到父親的來信，能夠與父親朝夕相處十五天，楊建感到莫大的幸福。當時綠島新生訓導處處長唐湯銘的管理比較開放，楊逵負責照顧菜園，晚上才回寢室睡覺，他帶著楊建，上山下海，到處自由走動。在父親的記憶中，除了童年時期之外，父子不曾有過這麼親密的相處經驗。

然而，對父親來說，這次面會卻改寫了他以後的人生地圖，種下許多悔恨。雖然在綠島與父親度過愉快的半個月，然而，親眼見證了政治犯們的生活處境，在密集的思想感訓與勞動改造之間，度過漫長的晨昏日月，肉身的痛楚不說，思親之痛、失去自由之憾，更是如影隨形，縈繞不去，讓正處於人生轉彎口的青年楊建，做了一個影響終生的決定。

回到台灣之後，大考前夕，他放棄文組，轉考理工，因為課程內容不同，準備不及，在那次考試中失利了。次年，他仍堅持理工組，考上當時剛設立的大同工專，成為第一屆學生。

楊建放棄文組的原因，緣自對於「文字」的深沉恐懼，這個恐懼，從少年時期以後，長居久住，成為一種敏感性體質。他的父親一生從事社會運動與文學創作，卻因為一篇六百多字的文章，就被禁錮十二年，在那個思想、言語、文字有罪的時代裡，走上文科的道路，未來是不是會步上父親的後塵？青年楊建的憂心，絕非庸人自擾，那是因為白色恐怖的鬼魅，已經浸透了他的肌骨和心魂。本來就是內斂多思慮的個性，加上悲劇的衝擊，使他改寫了自己的人生。

在理工價值遠大於人文價值的台灣社會，選擇了理工的父親，卻反而陷入精神困境，原因也是阿公楊逵。父親在大同工專時期，生活困苦，沒飯吃的時候，有時跑到台灣師範大學，與中學同學分吃一碗公家飯，有時到阿嬤介紹的尼姑庵去吃齋飯，一餐混過一餐。雖然成績表現優異，但是，「沒有傳承衣缽」、「一代不如一代」的責備，無論是他人的質疑，或者自己的遺憾，卻一直跟隨著他。

近來，父親回憶起這段往事，總是流露後悔，他說，當時許多成績不如他的同學都進了台大，他如果不是臨時改換組別，台大文學院，至少有一個科系屬於他，他的人生或許會不一樣。楊家的第一個教授，也不會是女兒妳啦，他說。確實，他讀了理工，做了生意，與個性不合，數度被欺騙、被倒債，以致一生窮愁潦倒。也許讀了文組，結果也未必如他所想，然而，一個人從少年時期就被奪去夢想權利，晚年回顧自己一再挫敗的人生，對於自己被恐懼魔樹制約，改寫了生命地圖，他的因果詮釋，也都無法抽離於那個禁錮時代的幽靈吧！

這是因為，楊建與一般政治受難者家屬不同。他的父親楊逵，既是白色恐怖受難者，又是知名台灣作家；政治犯父親，讓他揹負受難者家屬的苦難與暗影；知名台灣作家父親，身上眩目的光環卻又讓他無法承受。這是楊建生命最大的悲情。無論暗影或光環，對於第二代來說，都是沉重的包袱，他們必須終生馱負，無法放下。暗影讓他自卑，光環也讓他自卑；終究，身為名人之後的受難者家屬，全身都被暴露在光與影之中，無所遁逃。

事件之後的董芳蘭

相對於父親楊建因為承載過重而終生陷入憂苦，我的母親董芳蘭則是另一種典型。她雖是大姊，但當時也才十一歲，對於父親董登源與案件，所知甚少，只記得他在鋁廠工作，對機械有興趣，沒機會受太多教育，但很聰明，事情一學就會。她對父親最深的記憶，就是自己的愚魯。她說，初上小學時，父親教她數數，父女倆撿了許多石頭，父親教她，擺一個石頭，數一個數，但她總是跳過十、二十這些數，無論如何都學不會，父親無奈憂煩的臉容，成為少女董芳蘭記憶中最溫暖的圖景。

外公董登源被捕時，母親十一歲，因為是長姊，失去受教育的機會，放棄讀書，工作賺錢，供給四個弟弟念書。少女董芳蘭離開家鄉燕巢，到高雄市學理髮，從學徒開始，待遇菲薄，三年苦學，終於熬出頭，以理髮為業，成為家中最重要的經濟來源。至今，舅舅們還感念著當年大姊的犧牲，他們儘管都已年老不種水果了，但是，每逢果熟季節，仍然都會記得選買最上等的芒果、芭樂、棗子，一箱箱給大姊寄去。

幾乎完全失去青春夢願的母親，生命中唯有一個時刻，能有一絲歡喜。每月的薪水，絕大多數必須拿回家，自己只能留下少許生活所需，她把這些錢節省起來，月月積累，到布莊剪一塊布，自己設計圖樣，請師傅縫製，然後穿上它，到相館拍一張照。每一張照片都清麗動人，相館選了幾張，掛在店裡當廣告，一掛二十幾年，直到要停止營業了，才把那些照片歸還給母親。每每談起這件事，母親總是眉飛色舞，她說，我年輕時很水吧，我那時可是「佈景臉」喔！可惜，我命不好，嫁給你爸，其實，那時候很多來理髮的客人喜歡我，有大學生，也有醫師，但是，男方條件愈好，你外婆愈不贊成，她說：「咱的竹仔箸，免想去挾人家的雞肉絲。」

少女時期，我總是羨慕地翻看母親美麗的照片，哀嘆母親為何沒把她的清麗都遺傳給我，而未曾將「我命不好，嫁給你爸」聽進去，也不知道，母親的青春，全數都擱淺在這些照片中了，更不理解，「咱的竹仔箸，免想去挾人家的雞肉絲」一語，包含了多少辛酸無奈，那也是一種無從選擇。

然而，即使同是天涯淪落人，未必就能相濡以沫，楊建與董芳蘭，兩團暗影的結合，正是如此。

父親當兵時，第二度到綠島面會，當時外公董登源正好擔任會客室雜役，見到這個老實青年，聽說他的父親是新生訓導處的獄友、大家尊重的前輩楊逵，思及自己的女兒也已到了婚嫁年齡，但是，政治犯的家庭，有誰敢來提親？他想，這青年與女兒年紀相當，都是政治犯家屬，誰也不會嫌棄誰，決心為兩人牽紅線，於是，他寫了封家書，請楊建轉交給他在高雄工作的女兒。

楊建與董芳蘭的初見面，決定了他們的命運。兩個從年少時期就被政治剝奪了青春、夢想、希望，卻又對政治所知甚少的青年，卻有著相同的無奈

都是政治犯家屬，誰也不嫌棄誰，到底是幸福的基底，還是無奈？

與身不由己。董登源在信中告訴女兒，送信來的青年，老實可靠，他跟我們是一樣的，你們可以試著交往，考慮結婚。

父母親回憶起這一段，總是互相指稱「被騙」，父親說他被岳父給騙了，母親則說，我才是被你騙了。小時候聽這些故事，只覺有趣，成長之後，認知台灣歷史的暗影，才知道，長年被墨濃雲霧覆蓋的父母親，他們互指「被騙」，並非尋常夫妻間的打情罵俏，在他們心中，確實都有這麼一個區塊，對於自己在這個婚姻中的身不由己，充滿無奈。

兩名政治受難者家屬的聯姻，孤島仍是孤島。因為，恐懼與苦悶，從他們太年少的時候就棲住不去，而最深沉的苦痛，是無法交換與分擔的。

童年時總記得，父親幾乎不曾有過笑容，很少言語，他的愁苦彷彿植根在他的肉身和靈魂裡。在這樣的父親身後，以及在名作家楊逵的光譜底下，母親的臉容更幾乎完全被吞沒。父親每次出席白色恐怖、政治受難者聚會的相關場合，母親都是以楊逵媳婦的身分隨行，沒人問起她的父親董登源，彷彿董登源不曾被黑牢禁錮十年，而董芳蘭不是受難者的女兒。

父親揹著難以承受的重，母親馱負難以承受的輕，兩人都不好過。只是，這個社會給予父親許多機會，想要聆聽他身為受難家屬的苦難經歷，而母親，她靜默無聲，乏人問津，誰也不在意她是否也有過屬於受難者女兒的悲苦。

而其實，暗影不會自行散去，悲苦不會自動消失，沒人問過，不曾提過，不表示不存在。母親一生勞碌，在我成長歷程中，最常聽她說的一句話是：「都是前世欠的債，等你弟弟結了婚，我就要去吃齋唸佛做尼姑。」沒人對她聞問，但她想要解放自己，透過宗教，洗滌淨化，尋找淨潔無憂的生存狀態。

不同於父親可以反覆敘說、詮釋，尋找聆聽者、見證者，藉以進行某種療癒過程，母親沒有聆聽者與見證者，她必須自行展開療癒。然而，還未等到可以放下人間俗務、清心唸佛的時刻，一九九九年，母親就被長年棲住的暗影幽魂吞噬了，她開始遊走於現實與虛境的邊界，她的靈魂經常迷航，不在現實的住所，流連在虛境裡，試圖尋覓一處可以安置自身的所在。

但是，她總是迷路，既無法回返現實家園，也找不到安居之處。在她的幻聽與幻覺中，一九四九年十月深夜，闖入家中，帶走父親的幾個黑衣人，在半個世紀之後的一九九九年入秋，穿越時空，持續騷擾她的心魂。她總是對著暗黑的窗外，揮手驅趕不懷善意的虛擬闖入者，聲色俱厲地罵說，走開走開。然而，惡靈霸道，盤踞不去，以致我們不得不將她送到精神病房，接受另一種療程。直到那時候，我才理解，人們說什麼遺忘、寬恕、向前看、掃除悲情，是多麼不負責任，多麼冰冷，這不是有體溫的人說得出來的話。這些冰冷的人類，怎麼可能感知那些被悲情覆蓋長達半世紀的心靈？

楊建與董芳蘭，現在進行式

但受苦者沒有絕望的權利。楊建與董芳蘭，我的父親與母親，兩個孤島，至今仍然各自揹負著他們的苦難，奮力前行。

七〇年代，楊逵與台灣歷史，都被撥去塵土，攤到陽光下，楊逵重新被認識、被認同、被推崇，然而，這樣的光環，對父親楊建而言，竟比悲情更加沉重。經過幾十年，好不容易與「受難者家屬」標籤的暗影協商共處，卻又必須揹負他父親的光環前進。旁人在頌揚老作家之餘，也不免投給第二代期待、檢視的目光，而父親對於自己放棄文科一事，一直抱持遺憾，當人們善意問起，你也有在寫作嗎？這樣的話語，對他而言幾乎就是一種凌遲。

因為父親入獄而產生自卑感，又因未能繼承父親衣缽，而種下更深的自卑感。這樣的心理構圖，外人難以理解。暗影與光環的雙重覆蓋，楊建連逃都逃不了，更別說暗影的那一面，因為光環的投照，而更形黝黑。總會有人來問，你是楊逵先生的兒子嗎？他真是了不起啊，能請你談談他的事蹟和文學嗎？能談談你們的生活經歷嗎？你們真是幸運啊，你們一定覺得很驕傲吧？

對父親楊建來說，孤獨承受暗影的黝黑，以及孤獨面對光環的眩目，痛苦幾乎是相同的。楊逵的兩個兒子，終究都沒能逃脫這團光與影的包覆與拉扯。長子資崩，長期酗酒，鬱結而亡。我年幼時的記憶，每當大伯資崩來看阿公時，我總在半夜被大伯的聲音吵醒，阿公沉默不語，而大伯聲淚俱下，不斷訴苦說，爸你總說一代不如一代，我也想像爸一樣，讀書寫文章，參與社會運動，但我沒辦法啊！七〇年代，資崩給父親楊逵的一封明信片中寫道，爸我答應你做的台灣歷史研究，我做不到了，請原諒我。署名「不肖子資崩」。

竟連父親的死亡，都帶給他們更大的負荷，因為父親之死，他們被眾人凝視。一九八五年楊逵辭世，外界立即給予家屬壓力，有人就直接對大伯和父親說，楊逵那麼偉大，你們不能只建一座墳，還必須為他蓋一個紀念碑、一座紀念館，否則就是不肖子孫。父親當時流著淚說，姑且不說我們根本沒錢蓋紀念碑，一個父親的偉大，怎麼可以由他的孩子自己來吹噓，那不是讓人笑話嗎？

大伯資崩辭世之後，做為第二代代表的楊建，被賦予更多責任。國家的研究機構要出版《楊逵全集》，負責不曾親自打過一通電話給父親，但父親卻必須感恩，必須配合，必須交出所有遺稿文物。在父親看來，她是以一種高高在上的姿態：我幫你父親出版全集，是給你們家屬的恩澤。國家台灣文學館要館藏作家的手稿遺物，大學院校的相關文學系所要利用楊逵壯大聲勢、生產業績，不論是舉辦學術研討會、展覽作家文物，或者執行數位典藏計畫，父親都必須配合。這些學者專家們，絕大多數在拿了資料，做了業績之後，就對父親不聞不問，連一通問候的電話都不曾打過。因此，對於極少數還念記著他，能夠體知他的苦難與心事的，父親總是感念在心。

被奪去青春、失去夢想的父親，生命中有著太多不可承受的輕與重。他的父親，既是他恥辱與被拒絕的來源，卻又是一個高大的身影。他認知到，來自父親的光環與暗影，他這一生都別想逃脫，只能更深地貼近。這些年，他以在台中東海花園故居成立楊逵文學紀念空間，做為最終的生命責任，持續前行。這是他的覺悟，他覺知到，這是自己終於可以卸下重擔最好的方法。

至於母親董芳蘭，半世紀的暗影侵擾，幽靈盤踞，我一度以為，母親是無法回家了，但是，迷路數年之後，她卻終於找到了回家的道路，清醒過來。她沒有放下一切，出家為尼，清心唸佛，反而以家庭為療癒之所，以親情為藥石，尋常的家務勞動、照顧工作，讓她找回了自己的節奏。

二〇一六年，當年十一歲的董芳蘭，已經年近八十，她每日煮三餐、買菜、洗碗、洗衣、打掃、照顧孫子，是全方位的家務勞動者，夏日裡，汗水從來沒停過。而我雖然是一個性別研究者，但卻無法如此簡單地評斷：家庭是董芳蘭的禁錮之所，家務勞動是一種剝削。因為，董芳蘭有屬於她自己的療程。

而楊建與董芳蘭，他們終於在年老的時候，找到了相互說話的方法。約莫二〇〇六年前後，兩個老人家相伴到「長春學苑」去學國畫，現在他們以畫說話，倒也有清雅詩意。

二〇一一年入冬以來最寒冷那天，母親來電，要我去吃中飯。飯後，父母兩人說，我們有新畫作，要看嗎？兩個加起來快一百五十歲的老人家，喜孜孜像孩子一樣，展示他們的國畫作品，父親畫的是玫瑰、絲瓜，母親畫的是菊花、牽牛花，玫瑰和菊花都是橫幅，裝了框。我看著父親的靈動飛躍，母親的素樸溫潤，兩人都自成一格，微笑稱讚，感動想著，父親長年在市場擺攤，當場揮毫寫春聯，國畫對他不是問題，但母親可是這輩子第一次拿毛筆呢，真有天分。

二〇〇六年，母親第一次拿毛筆，一下筆就大呼，哇，這什麼筆這麼軟，怎麼拿呀？當她終於畫出生平第一幅畫時，臉上身上都沾染墨漬，廢棄了好幾張畫紙，自己仍不滿意，苦著臉央求父親，你畫壞掉的那幾張，可以選一張給我交作業嗎？拜託啦。父親一口回絕，不行！自己的作業要自己畫才可以。

母親與她的軟毛筆，歷經磨合，竟然如此契合。畫畫讓她逐漸學習與自己的傷痛共處。那一期結業時，老師選了幾幅畫，說是很不錯，可以拿去裝框裱褙，準備用來成果展。夫妻倆興致勃勃，父親開始為兩人的畫作落款，母親望著他大筆一揮，在一幅梅花上落了「楊建」兩個字，愣了半晌，抗議說，那是我畫的耶，你弄錯了。父親堅持那幅梅花比較美，是他的作品，母親不服，後來由老師公評，證明那是母親的畫作，她得意地說，哼，難道我就不會進步嗎？

孤島們最動人之處，就是他們承受苦難、轉化力量、奮力前行的生命能量。母親歡喜展示畫作時，圓滿如月的臉龐，映在溫潤的菊花上，一如她少女時期被懸掛在照相館的寫真，清美燦麗。

而父親在畫作中，抄錄楊逵詩作，與他的父親，貼近地對話。楊逵近七十歲時，寫下「能源在我身，能源在我心，冰山底下過活七十年，雖然到處碰壁，卻未曾凍僵。」能源自體自燃，所以花開蝶舞。自卑、沉鬱的父親，想必也從這些字語中，感悟了他父親的生命熱情，從而蓄養自身的火種，照亮他此生的暗鬱行路。

楊逵年表

整理／王　拓
增撰／楊　翠

一九〇六年
十月十八日生於臺南縣新化鎮新化街（舊稱臺南州大目降街），父楊鼻，母蘇足，本名楊貴。

一九一五年（十歲）
小時家貧，體弱多病，遲至此年始進入新化公學校。因身材瘦弱，被同學取笑，綽號叫「阿片仙」。身體孱弱多少影響其溫和與反暴力之思想。
噍吧哖事件發生，長兄被征調當軍伕，日軍砲車軍隊經過家門，從門縫窺見其景。此役臺灣人死傷者余清芳、江定、羅俊等殆萬餘人，是漢系臺灣人最大規模之武裝抗日運動，對楊逵後來一生之思想事業均有深遠影響。

一九二一年（十六歲）
新化公學校畢業，投考中學失敗，進入新化糖業試驗所當臨時工，工資每日三毛八分，被所裡日本人揶揄為「楊貴妃」，而厭惡其本名。

一九二二年（十七歲）
考入新設立之臺南州立第二中學（即今臺南一中）。

一九二四年（十九歲）
因為不願與童養媳送作堆，並為擴展思想領域，自動由臺南州立二中退學，東渡赴日。
一九二五年（二十歲）
經過檢定考試，考入日本大學專門部文學藝能科夜間部，日間做零工賺取學費和生活費，雖在饑寒交迫中掙扎，仍勤學不輟。
六月，二林農民組合成立；十一月，鳳山農民組合成立，開始在臺灣發生有組織的農民運動。

一九二六年（二十一歲）
組織文化研究會，參加勞工運動、政治運動。參加佐佐木孝丸家舉行的戲劇研究會。
〈自由勞動者的手記〉刊載於東京記者聯盟機關誌《號外》，初嘗領稿費的滋味。

一九二七年（二十二歲）
參加朝鮮人的演講會，第一次被捕。
響應臺灣農民組合的召喚而束裝回臺。
在臺北文化協會認識當時社會與政治運動領袖連溫卿，參加民眾演講會。造訪鳳山農民組合領導人簡吉，在此認識葉陶女士（即後來之楊夫人），隨即參加全島之巡迴演講會。
起草臺灣農民組合第一次全島大會宣言，因此第二次被捕。
在臺灣農民組合第一次全島大會中，當選中央委員（十八名），又當選常務委員（五名）。
二月，臺灣工支總會聯盟成立；七月，臺灣民眾黨成立。

一九二八年（二十三歲）

二月三日，臺灣農民組合組織特別活動隊，擔任該隊政治、組織、教育等重要工作。

擔任竹林爭議事件負責人，輾轉於竹山、斗六、小梅、竹崎等地組織農民。第三次在竹山，第四次在小梅，第五次在朴子，第六次在麻豆，第七次在新化，第八次在中壢，連續六次被捕。

受聘臺灣文化協會機關報——《臺灣大眾時報》記者，在創刊號發表〈當前的國際情勢〉一文。

為竹林爭議事件的方針，與簡吉發生路線爭議，六月被農民組合剝奪一切職務。

被選為臺灣文化協會中央委員，在彰化、鹿港組織讀書會。

一九二九年（二十四歲）

一月十日擔任文化協會議長。

二月，與葉陶共同列席臺灣總工會會員大會，發表演講，預定在次日（二月十二日）返回新化與葉陶結婚，不料，十二日凌晨，於文協臺南支會雙雙被捕。此次大規模檢舉農民組合，全島被捕四萬人以上。出獄一個月後（四月），在新化舉行婚禮。

一九三〇年（二十五歲）

在高雄經營衣服加工業失敗。

長女秀俄出生。

次兄楊趁自殺，心靈受到巨大創傷。

八月，臺灣自治聯盟成立，十月霧社事件發生，日人被殺一三四名，而農民組合、文化協會、總工會等運動在日本憲警壓迫下，亦瀕臨瓦解。

一九三一年（二十六歲）
在高雄內惟（即今壽山山麓）砍柴出售為生。

一九三二年（二十七歲）
小說〈送報伕〉經賴和之手，刊載於《臺灣新民報》，後半部遭禁。
因慕《水滸傳》中李逵之孝勇，首次以楊逵為筆名。
長子資崩出生，此時身上僅剩四分錢。

一九三四年（二十九歲）
〈送報伕〉全文入選東京《文學評論》第二獎（第一獎從缺）。這是臺籍作家首次進軍日本文壇，但該書在臺灣遭禁。
五月，全島性文學團體「臺灣文藝聯盟」成立。
十一月，臺灣文藝聯盟機關誌《臺灣文藝》創刊，任《臺灣文藝》編委。
十二月，〈臺灣文壇一九三四年之回顧〉刊於《臺灣文藝》。

一九三五年（三十歲）
《臺灣文藝》發生派系糾紛，十一月，自創《臺灣新文學》，離開《臺灣文藝》。

一九三六年（三十一歲）
〈田園小景〉刊載於《臺灣新文學》第一卷第五期，但後半部遭禁。
〈送報伕〉由胡風譯成中文，廣受大陸讀者歡迎。
《臺灣文藝》停刊，臺灣文藝聯盟亦被強制解散。次子建出生。

一九三七年（三十二歲）
日本政府下令禁止漢文，《臺灣新文學》停刊。
六月赴東京，七七事變發生，在東京本鄉旅邸被捕，經《大勢新聞》主筆保釋出獄。
九月返臺。返臺後窮病交集，喀血數月，因欠米店二十圓而被告到法院，幸賴酷愛文藝的日本警官入田春彥濟助一百圓，償清債款，又將餘款三十圓租用二百坪土地，開闢「首陽農場」（以首陽山故事命名）。
日本奴化臺人之皇民化政策積極展開。

一九三八年（三十三歲）
日本警官入田春彥因被指控思想左傾，遭驅逐離臺，在所租公寓自殺，遺書託付楊逵代為料理後事。
母病歿。

一九三九年（三十四歲）
九月，二次大戰發生。
父病歿。

一九四〇年（三十五歲）
第十次被捕。次女素絹出生。

一九四二年（三十七歲）
二月，〈無醫村〉刊於《臺灣文學》。
十月，〈鵝媽媽出嫁〉刊於《臺灣時報》。

一九四四年（三十九歲）　小說集《萌芽》印刷中被查扣。幼女碧出生。
八月，受日本總督府情報課之聘，視察石底煤礦，撰寫〈增產熱潮背後——悠閒的老頭〉，發表於臺灣文學奉公會的《臺灣文藝》（與被查禁解散之《臺灣文藝》不同）。
與友人共同演出《怒吼吧，中國！》（特洛查可夫原作），在臺中、彰化、臺北等地上演，甚獲好評。

一九四五年（四十歲）　八月十五日，日本無條件投降，臺灣光復。原計畫用閩南語演出《怒吼吧，中國！》因此而停演。首陽農場改稱一陽農場，發行《一陽週報》。

一九四六年（四十一歲）　進入臺灣評論社。
三月，日文小說集《鵝媽媽出嫁》在臺北三省堂出版。並擔任《和平日報》新文學版編輯。
七月，中日對照本《送報伕》在臺北的臺灣評論社出版。

一九四七年（四十二歲）　四月，因二二八事件，與葉陶雙雙被捕，夫妻同赴監牢，八月獲釋。

一九四八年（四十三歲）　三月，發表〈作家到人民中間去觀察〉，五月發表〈尋找臺灣文學之路〉。

一九四九年（四十四歲）
起草「和平宣言」，登載於上海《大公報》，觸怒臺灣省主席陳誠，四月六日被捕。
葉陶與子女賣花為生。

一九五〇年（四十五歲）
經軍法審判，處十二年有期徒刑。

一九五一年（四十六歲）
被送往綠島監獄。
在綠島監獄十年，寫作不輟，有〈八月十五那一天〉（詩）、〈光復話當年〉、〈家書〉、〈半罐水叮咚響〉、〈永遠不老的人〉、〈春天就要到了〉、〈我的小先生〉、〈百合〉、〈青年〉、〈談青年〉、〈園丁日記〉、〈智慧之門將要開了〉、〈太太帶來了好消息〉、〈春光關不住〉、〈自強不息〉等，發表於監獄之《新生活》壁報與《新生月刊》。又有劇本〈牛犁分家〉在綠島監獄公演。

一九五八年（五十三歲）
一月底，與某位同監服刑之畫家一起借提到台北市新生北路的一間別墅裡，有一位長官與一位老士兵同住。據其本人說，是當局想利用其日文能力，派他到日本工作，結果因為條件不符（楊逵要求全家大小同行，屆時可以無後顧之憂，免受要脅），於五月間又被遣送回綠島。

一九六一年（五十六歲）
四月六日刑期屆滿，返回台灣本島。五月，葉陶當選模範母親。
接受楊肇嘉之請，修撰楊肇嘉回憶錄。

一九六二年（五十七歲）　回憶錄整理至台灣運動史部分，因楊肇嘉所提供之資料與史實不合，有誇大之嫌，遂辭去楊肇嘉回憶錄之撰述，而只完成前半部。

一九六九年（六十四歲）　經由劉啟光先生在華南銀行之關係，信用借貸五萬元，在臺中市郊東海大學對面購買荒地，經營東海花園，款項分期攤還。

一九七〇年（六十五歲）　為擴建東海花園，向出版商葉先生借貸十萬元。那年年底因葉先生周轉不靈，經由鍾逸人先生介紹，蔡伯勳、葉榮鐘、郭頂順先生各以樂捐方式義助十萬元，作為資助臺中文化城之用。

一九七一年（六十六歲）　妻葉陶心臟病、腎臟病併發，於八月一日尿毒症逝世。因喪失伴侶，自感歲月無多，恐文化城職志不成身先死，而子孫無力償還債款，因而將土地登記變更，與前述三位先生共有東海花園，並著有〈我有一塊磚〉申述此事，望促成文化城之建立，但無有回響。

一九七二年（六十七歲）　日人坂口䙥子撰〈楊逵與葉陶〉，首次將其消息介紹給戰後之日本文壇。

一九七三年（六十八歲）　復出文壇。一月，〈春光關不住〉刊於《中國現代文學大系》小說卷。五月，〈送報伕〉刊於日本雜誌《中國》第一〇二期。

〈模範村〉重刊於《文季》第二期。

一九七四年（六十九歲）
〈鵝媽媽出嫁〉在《中外文學》（一月號）、〈送報伕〉在《幼獅文藝》（九月號）重新發表，此後，臺灣文藝界對楊逵評價逐步升高。

一九七五年（七十歲）
作品第一次中文結集《鵝媽媽出嫁》，由臺南大行出版社出版。

一九七六年（七十一歲）
國中國文教科書第六冊收錄〈壓不扁的玫瑰花〉（原名〈春光關不住〉）。是日據時代起，臺灣文學作品編入國文教科書的第一人。
五月，選集《鵝媽媽出嫁》由臺北香草山出版公司出版。
十月，選集《羊頭集》由臺北輝煌出版社出版。楊素絹編《壓不扁的玫瑰花》（楊逵其人其事與諸家評論集）亦出版。

一九七八年（七十三歲）
林梵著《楊逵畫像》出版。

一九八一年（七十六歲）
三月八日因痰哽塞病重垂危，由次子楊建急送臺中順天醫院急診，四天後出院，因病未痊癒，為便於照顧，移居大甲。年底再移居大溪。

一九八二年（七十七歲）
八月二十八日應美國愛荷華大學「國際作家工作坊」之邀赴美，回途重返東京，於十二月十三日抵臺，十二月十八日於耕莘文教院演講「美國見聞」。

一九八三年（七十八歲）

獲第六屆吳三連文學獎。

九月，移居臺北縣鶯歌鎮，由孫女楊翠照顧起居。

十二月，為增額立委候選人楊祖珺助選。

獲第一屆臺美基金會人才成就獎（人文科學）。

一九八四年（七十九歲）

三月，任《夏潮》雜誌名譽發行人。

一九八五年（八十歲）

二月，重返臺中，由么女楊碧照顧。

三月十日由臺中專程到臺北參加《文季》、《夏潮》雜誌社聯合歡迎戴國煇教授自日返臺之歡迎餐會，在會中致歡迎辭。

因土地合股人不時要求變賣東海花園，情緒時受影響，不勝其煩，與其他合股人約三月十二日見面，欲應其要求變賣，再改購其他小片土地。

三月十二日晨五時四十分辭世。

三月二十九日安葬於東海花園葉陶墓旁。

楊逵全集①《鵝媽媽出嫁》（短篇小說）、楊逵全集②《壓不扁的玫瑰》（散文札記）由前衛出版社出版。

一九八七年

三月，《綠島家書》由晨星出版社出版。

國家圖書館出版品預行編目資料

綠島家書：沉埋二十年的楊逵心事 / 楊逵著 .
-- 初版 . -- 臺北市 : 大塊文化，2016.09
面；　公分 . --（Mark；120）

ISBN　978-986-213-732-1（平裝）

856.286　　105015015